岩波文庫
31-064-1

河明り・老妓抄

他一篇

岡本かの子作

岩波書店

目　次

河明り

私が、いま書き續けてゐる物語の中の主要人物の娘の性格に、何か物足りないものがあるので、これはいつそのこと環境を移して、雰圍氣でも變へたらと思ひつくと、大川の満ち干《ひ》の潮がひたく\と窓近く感じられる河沿ひの家を、私の心は頻りに望んで來るのであつた。自分から快適の豫想をして行くやうな場所なら、却つてそこで惰《なま》けて仕舞ひさうな危險は充分ある。しかし、私はこの望みに從ふより仕方がなかつた。

人間に交つてゐると、うつらく\まだ立ち初めもせぬ野山の霞を想ひ、山河に引き添つてゐるとき、激しくありとしもない人が想はれる。

この妙な私の性分《しやうぶん》に從へば、心の一隅の危險な望みを許すことによつて、自然の觀照の中から、ひよつとしたら物語の中の物足らぬ娘の性格を見出す新たな情熱が生れて來るかも知れない――その河沿ひの家で――私は今、山河に添ふと云つたが、私は殊にもこの頃は水を憶《おも》つてゐるのであつた。私は差しあたりどうしても水のほとりに行き度いのであつた。

東京の東寄りを流れる水流の兩國橋邊りから上を隅田川と云ひ、それから下を大川と云つてゐる。この水流に架かる十筋の橋々を縫ふやうに渡り檢《あらた》めて、私は流れの上下の河岸を萬遍なく探してみた。料亭など借りるのは出來過ぎてゐるし、寮は人を介して賴み込むのが大仰だし、その他に頃合ひの家を探すのであるが、とかく女の身は不自由である。私は、今度は大川から引き水の掘割りを探してみた。

白木屋横手から、まづ永代橋詰まで行くつもりで、その道筋の二つ目の橋を渡る手前にさしかゝると、左の河並に横町がある。私有道路らしく道幅を狭めて貨物を横たへてゐるが、陸側は住居附きの藏構への問屋店が並び、河岸側は荷揚げ小屋の間にしんかんとした洋館が、まだらに挾つてゐる。初冬に入つて間もないあたゝかい日で、照るともなく照る底明るい光線のためかも知れない、この一劃だけ都會の痲痺が除かれてゐて、しかもその冴え方は生々しくはなかつた。私はその横道へ入つて行つた。

河岸側の洋館はたいがい事務所の看板が懸けてあつた。その中の一つの琺瑯質《はふらうしつ》の壁に蔦《つた》の蔓《つる》が張り附いてゐる三階建の、多少住み古した跡はあるが、間に合せ建てではないそのポーチに小さく貸間ありと紙札が貼つてあつた。ポーチから奥へ抜けてゐる少し勾配《こうはい》のある道路の突き當りに水も覗いてゐた。私はよくも見つけ當てたといふよりは、何だか當然のやうな氣がした。望みといふものは、意固地になつて詰め寄りさへしなければ、現實はいつか應じて來るものだ。私が水邊に家を探し始めてから二ヶ月半かゝつてゐる。

二、三度「ご免下さい」と云つたが、返事がない。取り附きの角の室を硝子窓から覗《のぞ》くと、薄暗い中に卓子《テーブル》のまはりへ椅子が逆にして引掛けてあり、塵もかなり溜つてゐる樣子である。私は道を距てて陸側の藏造りの店の前に働いてゐる店員に、理由を話して訊ねて見た。するとその店員は、家の中へ向つて伸び上り、「お孃さーん」と大きな聲で呼んだ。

九《く》曜星《えうせい》の紋のある中仕切りの暖簾《のれん》を分けて、袂を口角に當てて出て來た娘を私はあまりの美しさにまじ〳〵と見詰めてしまつた。頰の豐かな面長の顏で、それに相應《ふさは》しい目鼻立ちは捌《さば》けてついてゐるが、いづれもした〻かに露を帯びてゐた。身丈も恰幅《かつぷく》のよい長身だが滞《とゞこほ》りなく撓《しな》つた。一たい女が美しい女を眼の前に置き、すぐにさうじろ〱見詰められるものではない。けれども、この娘には女と女と出會つて、すぐ探り合ふあの鉤針《かぎはり》のやうな何ものもない。そして、私を氣易くしたのは、この娘が自分で自分の美しさを意識して所作する二重なものを持たないらしい氣配である。そのことは一目で女には判る。

娘は何か物を喰べかけてゐたらしく、片袖の裏で口の中のものを始末して、自分の忍び笑ひで、自然に私からも笑顔を誘ひ出しながら、

「失禮いたしました。あの何かご用——」

そして私がちよつと河岸の洋館の方へ首を振り向けてから用向きを話さうとする、その間に私の洋傘を持ち仕事鞄《かばん》を提げてゐる、いくらか旅仕度にも取れる樣子を見て取つたらしい娘は、「あ、判りました。部屋をお見せいたすのでせう」といつたが「けれども……あんな部屋」とまた云つて私と向う側の貸間札のか〻つてゐる部屋の硝子戸を見較べた。私はや〻失望したが、この娘に對して少しも僻《ひが》んだり氣おくれはしない、「……あのとにかく見せて頂けないでせうか」するとと娘はまたはつきりした笑顔になり、「では、とにかく」と云つて、そこにある痲裏草履《ざうり》を突つかけて、先に立つた。

三階は後で判つたことだが、この雜貨貿易商である娘の店の若い店員たちの寢泊りにあててあり、二階の二室と地階の奥の一つ、これも貸部屋ではなかつた。たつた一つ空いてゐるといひ、私に貸すことの出來るといふ部屋は、さつき私が覗いた道路向きの事務室であつた。

私が本意なく思つて、「書きもののための計畫」のことを少し話してみると、娘はちよつと考へてゐたが、

「よろしうございます。ぢや、こちらの部屋をお貸しいたしませう」と更《あらた》めて決心でもした様子で、それと背中合せのさつき塞つてゐるといつた奥の河沿ひの部屋へ連れて行つた。

その部屋は日本座敷に作つてあつて、長押《なげし》附きのかなり凝《こ》つた造作だつた。「もとは父の住む部屋に作つたのでございます」と娘は云つた。貸部屋をする位なら、あんな事務室だけを擇《よ》つて貸さずにこの位の部屋の空いてゐるのを何故貸さないのかと、私はあとでその事情は判つたけれど、その時は何も知らないので不審に思つた。

ともかく私は娘の厚意を喜んで、そして、

「では明日からでも、拜借いたします」

さう云つて、娘に送られて表へ出た。私はその娘の身なりは別に普通の年頃の娘と違つてゐないが、ぢかに身につけてゐるものに、茶絹で拵《こしら》へて、手首まで覆つてゐる肌襯衣《はだシャツ》のやうなものだの、脛《すね》にぴつちりついてゐる裾裏と共色の股引を穿いてゐるのを異様に思つた。私がそれ等に氣がついたと見て取ると、娘は、

「變つて居りまして。なにしろ男の中に立ち混つて働くのですから、ちと武裝してをりませんとね」

と云つて、輕く會釋して、さつさと店の方へ戻つて行つた。

あくる日に行つてみると、私に決めた部屋はすつかり片附いてゐて、丸窓の下に堆朱《つゐしゆ》の机と、

その横に花梨胴《くわりんどう》の小長火鉢まで据ゑられてゐた。

そこへ娘は前の日と同じ服裝で、果物鉢と水差しを持つて入つて來た。

「どういふご趣味でいらつしやるか判りませんので、普通のことにして置きましたが、もし、お好きなら古い書畫のやうなものも少しはございますし……」

そこで果物鉢を差出して、

「かういふふうなものなら家の商品でまだ澤山ございますから、ご遠慮なくおつしやつて下さいまし」

果物鉢は南洋風の燒物だし、中には皮が濡色をしてゐる南洋產の龍眼肉《りゆうがんにく》が入つてゐた。

私はその鉢や龍眼肉を見てふと氣附いて、

「お店は南洋の方の貿易關係でもなすつていらつしやるのですか」と訊いた。

「はあ、店そのものの商賣は、直接ではございませんが、道樂と申しませうか、船を一ぱい持つて居りまして、それが近年、あちらの方へ往き來いたしますので……」

娘の父の老主人はリョウマチで身體の不自由なことでもあり、氣も弱くなつて、なるたけ事業を縮小したがつてゐる。しかし、店のものの一人に、强情に貿易のことを主張する男がゐる。その男は始終船に乘つて海上に勤め、そして娘は店で老主人の代りに、手別けして働いてゐる。娘は簡潔に家の事情をこゝまで話した。そして、その船貿易を主張する店のもののことに就いて、なほから云つて私の意見を訊いた。

「その男の水の上の好きなことと申しましたら、まるで海龜か獺《かはうそ》のやうな男でございます。陸へ上つて一日もするともう頭が痛くなると申すのでございます。あなたさまは物をお書きになつて、いろ〳〵お調べでございませうが、そんな性質の人間もあるのでございませうか」

と云つたが、すぐ氣を變へて、「まあ、お仕事始めのお邪魔をいたしまして、またいづれお暇のとき、ゆつくりとお話を承りたうございますわ」と、火鉢の火の灰を拂つて炭をつぎ、鐵瓶へ水を注ぎ足してから、爽やかな足取りで出て行つた。

爛漫《らんまん》と咲き溢れてゐる花の華麗。

竹を割つた中身があまりに洞《うつろ》すぎる寂しさ。

こんな二つの矛盾を一人の娘が備へてゐることが、私の氣になつて來たし、この娘の快活の中に心がかりであるらしいその店員との關係も、考へられた。

私は何だか來てしまつて見ると、期待したほどの慾も起らない河面の景色を、それでも好奇心で障子を開けてみた。硝子戸を越して、荷船が一ぱい入つて向うの岸は見えない。その歩《あゆ》び板の上に、さき程の娘は、もう水揚げ帳を持つて、萬年筆の先で荷夫《かふ》たちを指揮してゐる姿が眺められた。

私は毎日河沿ひの部屋へ通つた。叔母と一緒に晝飯を濟ませ、ざつと家の中を片附けて、女中に留守中の用事を云ひつけてから出かけた。化粧や着物はたいして手數がかゝらなかつた。見られる同性といふならば、あの娘ぐらゐなもので、その娘は他人に對するさういふ詮索には全然注意力を持たないらしかつた。それは私を氣易くさせた。

この宿の堆朱《つゐしゆ》の机の前に坐つて、片手を小長火鉢の紫檀《したん》の縁に翳《かざ》しながら、晩秋から冬に入りかける河面を丸窓から眺めて、私は大かた半月同じ姿勢で爲すことなく暮した。

河は私の思つたほど、靜かなものではなかつた。始終船が往き來した。殊に夕暮前は泊りの場所へ急ぐ船で河は行き詰つた。片手に水竿を控へ、彼方此方に佇んで當惑する船夫の姿は、河面に蓋をした廣い一面板に撒《ま》き散らした箱庭の人形のやうに見えた。船夫たちは口々に何やら判らない言葉で呶鳴《どな》つた。舷で米を炊《かし》いでゐる女も、首を擧げて呶鳴つた。水上警察の巡邏船が來て整理をつけた。

娘は滅多に來ないで、小女のやまといふのが私の部屋の用を足した。私はその小女から、帆柱を横たへた和船型の大きな船を五大力《ごだいりき》といふことだの、木履《ぽつくり》のやうに膨れて黒いのは達磨《だるま》ぶねだといふことだの、傳馬船《てんません》と荷足《にた》り船《ぶね》の區別をも教へて貰つた。

しかし、そんな知識が私の現在の目的に何の關りがあらう。私が書いてゐる物語の娘に附與したい性格を囁いて呉れさうな一光閃《くわうせん》も一陰翳《いんえい》もこの河面からは射して來ない。却つてだん〳〵川にも陸の上と同じやうな事務生活の延長したものが見出されて來る。私がかういふ部屋を望んだ動機がそも〳〵夢だつたのだらうか。

すでにこの河面に嫌厭たるものを萌《きざ》してゐるその上に、私はとかく後に心を牽《ひ》かれた。何といふ不思議なこの家の娘であらう。この娘にも一光閃《くわうせん》も一陰翳《いんえい》もない。たゞ寂しいと云へばあまりに爛漫として美しく咲き亂れ、そして、ぴし〳〵働いてゐる。それがどういふ目的のために何の情熱からといふこともなく快活そのものが働くことを藉《か》りて、時間と空間を剪《はさ》み刻んで行くとしか思へない。內にも外にも虛白なものの感じられるのを、却つて同じ女としての私が無關心でゐられる筈がなかつた。

娘はその後、二度程私の部屋に來た。一度は「ほんとに氣がつきませんで……」と云つて、三面鏡の化粧臺を店員たちに運ばせて、程よい光線の壁際に据ゑて行つた。一度は漢和の字引をお持ちでしたらと借りに來て、私がこゝまでは持つて來ないのを知り、「お邪魔いたしましたわ」と云つてあつさり去つた。

私がまだ意識の底に殘してゐる、私と何等かの關係ありさうな海好きの店員のことも、娘は忘れたかのやうに、すこしの消息も傳へない。私の多少當が外れた氣持が、私がこの家へ出入りのときに眼に映る店先での娘の姿や、窓越しに見る艀板《ふないた》の上の娘の姿にだん〳〵凝つて行くのであつた。私の仕事は徒らに開かれて閉ざされるばかりである。

私はだいぶ慣れて來た小女のやまに訊いてみた。

「お孃さんはどういふ方」

するとやまは難しい試驗の問題のやうにしばらく考へて、

「さあ、どういふ方と申しまして……あれきりの方でございませう」

私はこのませた返事に微笑した。

「この近所では龜島河岸《がし》のモダン乙姫と申してをります」

私の微笑は深まつた。

「他所へお出になることがあつて」

「滅多に。でも、お買ひものの時や、お店のお交際《つきあ》ひには時たまお出かけになります」

「お店のお交際《つきあ》ひといふと……」

私は娘の活動範圍が、そこまで圈《わ》を擴げてゐるのに驚いた。

「よくは存じませんですが、組合のご相談だの、宴會だの。けふも船の新造卸しのお晝のご宴會に深川までお出かけになりましたが……」

その夕方歸り仕度をしてゐる私の部屋の前で、娘の聲がした。

「まだお在《い》でになりまして」

盛裝して一流の藝妓とも見える娘。娘に「ちよつと入つて頂戴」と云はれて、そのあとから若い藝妓が二人とお雛妓《しやく》が一人現れた。

部屋の主《あるじ》は女の私一人なのに、外來の女たちはちよつと戸惑つたやうだが、娘が紹介すると堅苦しく挨拶して、私が差出した小長火鉢にも手を翳《かざ》さず、娘から少し退つて神妙に坐つた。いづれもかなりの器量だが、娘の素晴しい器量のために皺められて見えた。

娘は私には「この人たち宴會場から送つて來て呉れたのですけれど、筆をお執りになる方には何かのご經驗と思ひついて、ちよつとお部屋へ上つて貰ひましたの」と云つた。

少しの間、窮屈な空氣が漂つてゐたが、娘は何も感じないらしく、「みなさん、こちらに面白さうなことを少し話してあげて下さい」と云ふにつれ、私も「どうぞ」と寛《くつろ》いだ樣子を出來るだけ示したので、女たちは、「ぢや、まづ、一ぷくさせて頂いて……」と袂から、キルクロの莨《たばこ》を出して、煙を内輪に吹きながら話した。

今までゐた宴會の趣旨の船の新造卸しから連想するためか、水の上の人々が酒樓に上つたときの話が多かつた。

船に乘りつけてゐる人々はどんなに氣取つても歩きつきで判るのである。疊の上ではそれほどでもないが、廊下のやうな板敷きへかゝると船の傾きを踏み試すやうな蛙股《かへるまた》の癖が出て、踏み締め、踏み締め、身體の平定を衡《はか》つて行くからである。一座の中でひどく醉つた連れの一人が洗面所へ行つたが、その歸りに料亭の複雜な部屋のどこかへ紛れ込んで、探しても判らなかつた。すると他の連中は、その連れの一人が乘組んでゐる船の名を揃へて呼んだ。

「福神丸やーイ」

すると、「おーい」と返事があつて紛れた客があらぬ方からひよつこり現れた。

ある一軒の料亭で船乘りの宴會があつた。少し醉つて來るとみんな料理が不味いと云ひ出した。苦笑した料理方が、次から出す料理には椀にも燒物にも鹽を一摘《つま》みづゝ投げ入れて出した。すると客はだいぶ美味しくなつたと云つた。それほど船乘りの舌は鹹味《からみ》に强くなつてゐる。

けふはいゝ鹽梅《あんばい》に船もさうこまないで、引潮の岸の河底が干潟《ひがた》になり、それに映つて日暮れ近い穩かな初冬の陽が靜かに褪《き》めかけてゐる。鷗が來て漁《あさ》つてゐる。向う岸は倉庫と倉庫の間の空地に、紅殼色《べにがらいろ》で塗つた柵の中に小さい稻荷《いなり》と鳥居が見え、子供が石蹴りをしてゐる。

さすがに話術を鍛へた近頃の下町の藝妓の話は、巧まずして面白かつたが、自分の差當りの作品への焦慮からこんな話を喜んで聞いてゐるほど、作家の心から遊離していゝものかどうか、私の興味は臆しながら、牽《ひ》き入れられて行つた。

ふと年少らしい藝妓が、部屋の上下周圍を見廻しながら、

「このお部屋、大旦那が母屋へお越しになつてから、暫く木ノさんがいらしつたんでせう……」

と云つた。

娘は默つてごく普通に肯いて見せた。

「木ノさんからお便りありまして……」と同じ藝妓はまた娘に訊いた。

「えゝ、しよつちゆう」と娘はまた普通に答へて、次にこの藝妓の口から出す言葉をほゞ豫測したらしく、面白さうに嬌然《けうぜん》と笑つて、こんどは娘の方から藝妓の言葉を待ち受けた。藝妓は果して

「あら、ご馳走さま、妬《や》けますわ」と燥《はしや》いで云つた。

「ところが、事務のことばかりの手紙で」

藝妓は、この娘が隱し立てしたり、人を逸《はぐ》らかしたりする性分ではないのを信じてゐるらしく、それを訊くと同時に、

「やつぱり――」と云つて興醒め顔に口を噤《つぐ》んだ。

「さう申しちや何ですけれど、あたしはお孃さんがあんまり伎倆《うで》がなさ過ぎると思ひますわ」

と今度は年長の藝妓が云つた。「これだけのご器量をお持ちになりながら……」

娘は始めて當惑の樣子を姿態に見せた。

「あたしは、隨分、あの人の氣性に合ふやう努めてゐるんだけれど……なによ、その伎倆《うで》つていふの」

年長の藝妓は物事の眞面目な相談に與《あづか》るやうに、私が押し出してやつてある小長火鉢に分別らしく手を焙《あぶ》りながら、でもその時急に私の方を顧慮《こりよ》する樣子をして、

「ですが、こちらさんにこんなお話お聞かせしていゝんですか」

「えゝ、えゝ」

娘の悪びれないその返事が如何にも私に對する信頼と親しみの響きとして私にひゞいた。先程からの仕事への焦慮もすつかり和《なご》んで、むしろ私はその場の話を進行させるために、ことさら自分の態度を寛《くつろ》がせさへするのであつた。年長の藝妓は安心したやうに元の樣子に戻つて、

「ま、譬《たと》へて云つてみれば、拗《す》ねてみたり、氣を持たせてみたり」

娘は聲を立てて笑つた。「そのくらゐのことなら、前に隨分あたしだつて……」

私はこの娘に今まで見落してゐたものを見出して來たやうな氣がした。藝妓は手持無沙汰になつて、

「さうでございますかねえ、ぢや、ま、抓《つね》つても見たり……」と冗談《じやうだん》にして、自分を救つたが、誰も笑はなかつた。

するど若い藝妓の方がまた、

「だめ、だめ、そんな普通の手ぢや。あたしいつか、こちらさまの大旦那の還暦のご祝儀《しゆうぎ》がございましたわね。あのお手傳ひに伺ひましたとき」と云つて言葉を切り、そして云ひ繼いだ。

「酔つた振りして、木ノさんの膝に靠《もた》れかゝつてやりました。いろ氣は微塵《みじん》もありません。お孃さんにあ濟まないけれど、お孃さんのためとも思つて、お孃さんほどの女をじらしぬくあの許

判の女嫌ひの磐石板《ばんじやくいた》をどうかして一ぺん試してやりたいと思ひましたから。すると、あの磐石板はわたしの手をそつと執つたから、はゝあ、この男、女に向けて挨拶ぐらゐは心得てると、腹の中で感心してますと、どうでせう、それはわたしが本當に醉つてるか醉つてないか脈を見たのですわ。それから手首を離して、そこにあつた盃を執り上げると、ちよろりとあたしの鼻の先へ雫《しづく》を一つ垂して、こゝのところのペンキが剝げてら、船渠《ドック》へ行つて塗り直して來いと云ふんです。あたしは口惜しいの何のつて、……でもね、さうしたあとで、あの人を見ても、別に意地の悪い樣子もなく、たゞ月の出を眺めてるやうにぼんやりお酒を飮んでゐる調子は、誰だつて怒る氣なんかなくなつちまひますわ。あたしは、つい、有難うございますとお叩頭《じぎ》して、指圖通り顏を直しに行つただけですけれど、全く」と年下の藝妓は力を籠《こ》めて、

「全く、お孃さんでなくても、木ノさんには匙《さじ》を投げます」と云つた。

新造卸しの引出物《ひきでもの》の折菓子を與へられて、唇の紅を亂して食べてゐた雛妓《おしやく》が、座を取持ち顏に「愛嬌喚《わめ》き」をした。

「結婚しちまへ！」

これに對しても娘は眞面目に答へた。

「厄介なのは、そんなことぢやないんだよ」

「そも〳〵、お孃さんに伺ひますが、あんたあの方に、どのくらゐ惚れていらつしやるんです。まあ、お許婚《いひなづけ》だから、惚れるの惚れないのといふ係り筋は通り越していらつしやるんでせうけれど」

すると娘は、俄に、ふだん私が見慣れて來た爛漫とした花に咲き戻つて、朗かに笑つた。

「この話は、まあ、この程度にして……こちらさまも一つ話ではお飽《あ》きでせうから」

「さうでございましたわね」と藝妓たちも氣がついて云つた。

私は歸る時機と思つて、挨拶した。

河靄が立ち籠めて來た河岸通りの店々が、早く表戸を降してゐる通りへ私は出た。

三、四日、私は河沿ひの部屋へ通ふことを休んで見た。折角自然から感得したいと思ふものを、娘やそのほか妙なことからの影響で妨げられるのが、何か不服に思へて來たからである。いつそ旅に出ようか、普通の通りすがりの旅客として水邊の旅館に滯在するならば、なんの絆《きづな》も出來るわけはない。明け暮れたゞ河面を眺め乍ら、張り互つた意識の中から知らず識らず磨き出されて來る作家本能の觸角で、私の物語の娘に書き加へる性格をゆくりなく捕捉できるかも知れない。私のこの最初の方圖は障碍に遭つてます〳〵はつきり私に欲望化して來た。

ふと、過去に泊つて忘れてゐたそれ等の宿の情景が燻《くすぶ》るやうに思ひ出されて來る。鱧《はも》を焼く匂ひの末に中の島公園の小松林が見渡せる大阪天滿《てんま》川の宿、橋を渡る下駄の音に混つて、夜も晝も潺湲《せんくわん》の音を絶やさぬ京都四條河原の宿、水も砂も船も一いろの紅硝子のやうに斜陽のいろに透《す》き通る明るい夕暮に釣人が鯊魚《はぜ》を釣つてゐる廣島太田川の宿。

水天髣髴《はうふつ》の間に毛筋ほどの長堤を横たへ、その上に、家五、六軒だけしか對岸に見せない利根川の佐原の宿、干瓢《かんぺう》を干すその晒した色と、その晒した匂ひとが、寂しい眠りを誘ふ宇都宮の田川の宿――その他川の名は忘れても川の性格ばかりは、意識に織り込まれてゐるものが次々と思ひ泛べられて來た。何處でも町のあるところには必ず川が通つてゐた。そしてその水煙と水光とが微妙に節奏する刹那に明確な現實的人間性の畫出されて來るのが、私に今まで度々の實例があつた。東洋人の、幾多古人の藝術家が「身を賭けて白雲に駕し」とか「幻に住さん」などといふことを希《ねが》つてゐる。必ずしも自然を需《もと》めるのではあるまい。より以上の人間性をと、つき詰めて行くのでもあらう。「青山愛執の色に塗られ」「綠水、悲怨の糸を永く曳く」などといふ古人の詩を見ても、人間現象の姿を、むしろ現象界で確捕出來ず、所詮自然悠久の姿に於て見ようとする激しい意欲の果の作略《きりやく》を證據立ててゐる。

　だが、私は待て、と自分に云つて考へる。それ等の宿々の情景はみな偶然に行きつき泊つて、感得したものばかりである。今、再びそれを捉へようとして、豫定して行つても、恐らくその情景はもうそこにはゐまい。たゞの河、たゞの水の流れになつて、私の希望を嘲笑《あざわら》ふであらう。思出ばかりがそれらの俤《おもかげ》を止めてゐるものであらう。觀念が思想に惡いやうに、豫定は藝術に惡い。まして計畫設備は生むことに何の力もない。それは戀愛によく似てゐる。では……私はどうしたらいゝであらうと途方にくれるのであつた。だが、私は創作上からいふ取り止めない狀態に陥ることには、慣れてもゐた。强ひて焦つても仕方がない。その狀態に堪へてゐて苦しい經驗の末に敎へられたことも度々ある。さうあきらめて私は叔母と共に住む家庭の日常生活を普通に送り乍ら、その間に旅行案内や地圖を漁《あさ》ることも怠らなかつた。また四、五日休みは續いた。

　すると娘から電話がかゝつて來た。

「その後いらつしやらないので、この間藝妓達とお邪魔したのが惡かつたかと思つたりして居りますが……」

鬠は相變らず濶達だが、氣持はこまかく行亙つて響いて來た。

「何も怒ることなぞ、ありませんわ。お休みしたのはちよつと仕事の都合で」

と答へた。

「いかゞでございませう。父がこのごろ天氣續きのためか、身體がだいぶよろしうございますので、お茶一つ差上げたいと申しますが、明日あたりお晝飯あがり旁《かた》〻《〴〵》、いらして頂けないでございませうか。お相客はどなたもございません。私だけがお相伴さして頂きます」

私はまたしても、河沿ひの家の人事に絡み込まれるのを危く感じたが、それよりも、いまの取り止めない狀態に於て、過剩になつた心にあゝいふ下町の閉ざされた藏造りの中の生活内部を覗くことに興味が彈《はず》んだ。私は招待に應じた。

東京下町の藏住ひの中に、こんな異境の感じのする世界があらうとは思ひがけなかつた。四疊半の茶室だが、床柱は椰子《やし》材の磨いたものだし、床緣《とこぶち》や爐緣《ろぶち》も熱帶材らしいものが使つてあつた。

甫《は》ひ上りから外は、型ばかりだが、それでも庭になつてゐて、龍舌蘭《りゆうぜつらん》だの、その他熱帶植物が使はれてゐた。土人が錢《ぜに》に使ふといふ中央に穴のある石が筑波《つくば》井《ゐ》風《ふう》に置いてあつた。

庭も茶室もまだ異趣の材料を使ひこなせないところがあつて、鄙《ひ》俗《ぞく》の調子を帶びてゐた。

袴をつけた老主人が現れて、

「手料理で、何か工夫したものを差上ぐべきですが、何しろ、手前の體がこのやうでは、ろくに指圖も出來ません。それで失禮ですが、略式に願つて、料理屋のものでご免を頂きます」と叮嚀に一禮した。

私は物堅いのに少し驚いて、そして出しなに仰々《ぎやう〳〵》しいとは思ひながら、招待の紋服を着て來たことを、自分で手柄に思つた。娘もこの間の宴會歸りとは違つた隱し紋のある裾模様をひいてゐる。

小薩張《こざつぱ》りした服裝に改めた店員が、膳を運んで來た。小をんなのやまは料理を廊下まで取次ぐらしく、襖口《ふすまぐち》からちらりと覗いて目禮した。

「お見かけしたところ、お父さまは別にどこといつて」と云ふと、

「いえ、あれで、から駄目なのでございます。少し體を使ふと、その使つたところから痛み出して、そりや酷《ひど》いのですわ」

「まあ、それぢや、今日のおもてなしも體のご無理になりやしませんこと」

「なに、構はないのでございますよ。あなたさまには、いろ〳〵お話し申したいことがあると云つて、張切つて居るんでございますから」

纏縛《てんばく》といふ言葉が、ちらと私の頭を掠《かす》めて過ぎた。しかし、私は眼の前の會席膳の食品の鮮やかさに強ひて念頭を拭つた。

季節をさまで先走らない、そして實質的に食べられるものを親切に選んであつた。特に女の眼を悦ばせさうな冬菜《ふゆな》は、形のまゝ青く茹《ゆ》で上げ、小鳥は肉を磨《す》り潰《つぶ》して、枇杷《びは》の花の形に練り拵《こしら》

へてあつた。そして皿の肴には、霰《あられ》の降るときは水面に浮き跳ねて悦ぶといふ琵琶湖の杜父魚《かくぶつ》を使つて空揚げにしてあるなぞは、料理人になか〳〵油斷のならない用意のあることを懷《おも》はせた。

　私も娘も二人きりで遠慮なく食べた。私は二、三町も行けば大都會のビジネス・センターの主要道路が通つてゐるこの界隈《かいわい》の中に、かうも幻想のやうな部屋のあるのを不思議とも思はなくなり、また、娘がいつもと違つた人間のやうにしみ〴〵して來たことにも、たつて詮索《せんさく》心が起らず、たゞ、あまりに違つた興味ある世界に唐突に移された生物の、あらゆる感覺の蓋《ふた》を開いて、新奇な空氣を吸收する、その眠たいまでに精神が表皮化して仕舞ふ忘我の心持に自分を託した。一つには庭と茶室の一劃は、藏住ひと奧倉庫の間の架け渡しを、溫室仕立てにしてあるもので、水氣の多い溫氣が、身體を擡《もた》げるやうに籠《こも》つて來るからでもあらう。

　蘭科の花の匂ひが、閉《た》て切つてあるこゝまで匂つて來る。

「あなたさまは、今度のお仕事のプランをお立てになる前から、河はお好きでいらつしやいましたの」

　私はざつと考へて、「まづね」と答へた。

「それぢや、今度、わたくしご案内いたしませうか。東京の川なら少しは存じてゐます」

さう云つて、娘は河のことを語つた。こゝから近くにあつて、外濠《そとぼり》から隅田川に通ずるものには、日本橋川、京橋川、汐留川の三筋があり、日本橋川と京橋川を横に繫《つな》いでゐるものに楓《かへで》川、龜島川、箱崎川があることから、京橋川と汐留川を繫いでゐるものに、また、三十間堀川と築地川があることをすら〳〵語つた。

私も、全然、知らないこともなかつたが、かういふ掘割りにさう一々河名のついてゐることは、それ等の掘割りを新しく見更《みあらた》めるやうな氣がした。

「どうぞ、もつと教へて頂戴」と私は云つた。

すると、娘ははじめて自分の知識が眞味《しんみ》に私を悦ばせるらしいのに、張合ひを感じたらしく、口を繼いで語つた。

「隅田川から芝濱へかけて昔から流れ込んでゐた川は、こちらの西側ばかりを上流から申しますと、忍川、神田川、それから古川、これ三本だけでございました」

私は兩國橋際で隅田川に入り、その小河口にあの瀟洒《せうしや》とした柳橋の架つてゐる神田川も知つてゐれば、あの澁谷から廣尾を通つて新開町の家並と欅《けやき》の茂みを流れに映し乍ら、芝濱で海に入る古川も知つてゐる。だが、忍川といふのは知らなかつた。

「あの上野の三枚橋の傍に、忍川といふ料理屋がありましたが、あの近所にそんな川がありましたの、氣がつきませんでしたわ」

「川にも運命があると見えまして、あの忍川なぞは可哀想な川でございます。あなたさまは、王子の瀧野川をご存じでいらつしやいませう」

むかし石神井川《しやくじゐがは》といつたその川は、今のやうに荒川平野へ流れて、荒川へ落ちずに、飛鳥山《あすかやま》、道灌《だうくわん》山、上野臺の丘陵の西側を通つて、海の入江に入つた。その時には芒洋《ばうやう》とした大河であつた。やがて石神井川が飛鳥山の王子臺との間に活路を拓《ひら》いて落ちるやうになつて、不忍池《しのはずのいけ》の上は藍染《あゐそめ》川の細い流れとなり、不忍池の下は暗渠《あんきよ》にされてしまつて、永遠に河身が人の目に觸れることは出來なくなつた。

「大昔、この川の優勢だつたことは、あの本郷駒込臺とこちらの上野谷中臺《やなかだい》との間はこの川の作つた谷間《たにあひ》だと申します。調べると兩丘にはその川の斷谷層がいまだにございます」

私の蕩々《たうく》としてゐる氣分の中にも、この娘の語ることが、もはや單純な下町娘の言葉ではなく、この種の知識にかけては一通り築きかけたもののあるのを見て取つた。愼《つゝま》しく語らうと氣をつけてゐる言葉の端々に、關東ローム層とか第三紀層とかいふ專門語が、女學校程度の知識でない口慣れた滑らかさでうつかり洩れ出すのを、私の注意が捉へずにはゐなかつた。

「とてもさういふお話にお詳しいのね。どうしてあなたが、から申しちや何ですけれど、下町のお孃さんのあなたが、さういふ勉强をなさつたのですか、素人《しろうと》にしちやあんまりお詳しい……」

娘は、

「河岸《かし》に育つたものですから、東京の河に興味を持ちまして……それに女子大學に居りますうち、別にかういふことに興味を持つ友達と研究も致しましたが……」と俯向《うつむ》いて云ふと、そこで口を噤《つぐ》んだ。

「たつた、それだけで、こんなにお詳しい？」

私は、娘の言譯が何かわざとらしいのを感じた。何かもつと事情ありげにも思つたが、私はまたしてもこの家の人事に卷き込まれる危險を感じたので、無理に氣を引締めて、もつと追求したい氣持は樣子に現さなかつた。

かうして親しげに話してゐて、隣に坐つてゐる娘と、何か紙一重距てたやうな妙な心の觸れ合ひのまゝ、食後の馥郁《ふくいく》とした香煎《かうせん》の湯を飲み終へると、そこへ老主人が再び出て來て挨拶した。茶の湯の作法は私たちを庭へ移した。藏の中の南洋風の作り庭の小亭で私達は一休みした。

私は手持無沙汰をまぎらすための意味だけに、そこの棕櫚《しゆろ》の葉かげに咲いてゐる熱帶性の蔓草の花を覗いて指さして見せたりした。

娘は微笑し乍ら會釋して、その花に何か暗示でもあるらしく、煙つて濃い瞳を研ぎ澄まし、ちーつと見入つた。豐かな肉附き加減で、しかも暢《の》び／＼してゐる下肢を愼しく膝で詰めて腰をかけ、少し低目に締めた厚板帶の帶上げの結び目から咽喉もとまで大輪の花の莟《つぼみ》のやうな、張つてはゐるが無垢《むく》で、それ故に多少寂しい胸が下町風の伊達《だて》な襟の合せ方をしてゐた。座板へ置いて無意識にポーズを取る左の支へ手から素直に擡《もた》げてゐる首へかけて音律的の線が立ち騰《のぼ》つては消え、また立ち騰つてゐるやうに感じられる。悠揚《いうやう》と引かれた眉に左の上鬢《うはびん》から搔き出した洋髮の波の先が掛り、いかにも的確で聰明に娘を見せてゐる。

私は女ながらつく／＼この娘に見惚れた。棕櫚《しゆろ》の葉かげの南洋蔓草の花を見詰めて、ひそかに息を籠めるやうな娘の全體は、新樣式な情熱の姿とでも云はうか。この娘は、何かしきりに心に思ひ屈してゐる――と私は娘に對する私の心理の働き方がだん／＼複雜になるのを感じた。私はいくらか胸が彈むやうなのを紛すために、庭の天井を見上げた。硝子は湯氣で曇つてゐるが、飛《か》白目《すりめ》にその曇りを撥《はじ》いては消え、また撥く微點を認めた。霙《みぞれ》が降つてゐるのだ。娘も私の素振りに氣がついて、私と同じやうに天井硝子を見上げた。

合圖があつて、私たちは再び茶席へ入つた。床の間の掛軸は變つてゐて、明治末期に早世した美術院の天才畫家、今村紫紅の南洋の景色の横ものが掛けられてあつた。

老主人の濃茶《こいちや》の手前があつて、私と娘は一つ茶碗を手から手に享《う》けて飲み分つた。娘の姿態は姉に對する妹のやうにしをらしくなつてゐた。老主人の茶の湯の技倆は少しけば〳〵しいが確かであつた。

作法が終ると、老主人は袴を除つて、厚い綿入羽織を着て現れた。爐に噛りつくやうに蹲《かゞ》み、私たちにも近寄ることを勸めた。そして問はず語りにこんな話を始めた。

德川三代將軍の頃、關西から來て、江戸廻船の業を始めたものが四、五軒あつた。その船は舷側に菱形《ひしがた》の棧《さん》を嵌《は》めた船板を使つたので、菱垣船《ひしがきぶね》と云つた。廻船業は繁昌するので、その廻船によつて商ひする問屋はだん〳〵殖え、大阪で二十四組、江戸で十組にもなつた。享保時分、酒樽は別に船積みするといふ理由の下に、新運送業が起つた。それに倣つて、他の貨物も專門々々に積む組織が起つた。すべて樽廻船《たるくわいせん》と云つた。樽廻船は船も新型で、運賃も廉くしたので、菱垣船は大打擊を蒙つた。話のうちにも老主人は時々神經痛を宥《なだ》めるらしい妙な臭ひの卷煙草を喫《す》つた。

「寬永時分からあつた菱垣廻船の船問屋で殘つたものは、手前ども堺屋と、もう二、三軒、郡屋《こほりや》と毛馬屋《けまや》といふのがございましたさうですが……」

しかし、幕末まへ頃まで判つてゐたその二軒も、何か他の職業と變つたとやらで、堺屋は諸國雜貨販賣と爲替兩替《かはせりやうがへ》を職としてゐた。

それから話はずつと飛んで、前の話とはまるで關係がないものを强ひてあるやうな話ぶりで、老主人は語り繼いだ。

「河岸の事務室を開けて貸室に致しましたのも窮餘の策で、實は、この娘に結婚させようといふ若い店員がございますのですが、どうも、その男の氣心がよく見定まりません。いろ〳〵迷つた擧句《あげく》、どなたか世間の廣い男の方にでも入つて頂いて、さういふ方々ともお附合ひしてみて、改めて娘の身の振り方を考へ直してみませう。まあ、打《ぶ》ち撒《ま》ければ、かういつた考へがございましたのです」

娘は俯向《うつむ》いて、赧《あか》くなつた。

「なにせ、私どもの暮しの範圍と申しましたら、諸國の商賣取引の相手か、この界隈《かいわい》の組合仲間で、筋がきまり切つてゐるだけ、廣いやうで案外狹いのでございます。それにこの娘が一時どういふ氣か學者になるなぞと申して、洋服など着て、ぱふら〳〵やつてたものですからいよ〳〵妙なことになつて、婿《むこ》の口も思ふほどのことはございませんでして……」

娘は殆ど裁きを受ける女のやうに、首を垂れて少し蒼ざめてゐた。私は、

「もう、よろしいぢやございませんか、お話は、また、この次に……」

と云つたが、老父は、

「いや、さうぢやございません。手前は明日が明日からまた寢込んでしまつて、いつこの次にお目にかゝれるか判りません。それで……」と意氣込んで來た。老父には眞劍に娘の身の上を想ふ電氣のやうなものが迸《ほとばし》り出た。

「私の知らない間に、娘がちよつろりと、あなたさまに部屋をお貸ししたと聞いて、實は私は、

怒りました。しかし、娘はあなたさまの御高名を存じて居り、お顏も新聞雜誌で存じ上げて、かねてお慕ひ申してゐたので、喜んでお貸ししたと申します。私も思ひ返してみれば、あなたさまが世間のことは何事も御承知の筆をお執《と》りになる方である以上、却つて、何かの便宜にあづかれるかも知れない。それで娘にもよく申附けて、お仕事にはお妨げにならないやう、表の事務室は人に貸すことは止めて仕舞ひ、また、是非、お近附き願へるやう、氣を配つて居りました。どうぞ、これから、これを妹とも思召し下すつて叱つても頂き、お引立てもお願ひいたし度いのです。どうぞお願ひ申します」

老父は右手の藥煙草をぶる〳〵慄《ふる》はして、左の手に移し、煙草盆に差込むと、空いた右の手で何處へ向けてとも判らず、拜むやうな手つきをした。それは素早く輕い手つきであつたが、私をぎよつとさせた。娘も、それにつれて、萎《しを》れたまゝお叩頭《じぎ》した。

老父のそこまでの話の持つて來方には、衰へてはゐるやうでも、下町の舊舖《しにせ》の商人の駈け引きに慣れた婉曲《えんきよく》な粘りと、相手の氣弱い部分につけ込む機敏さがしたゝかに感じられた。

私は娘に對して底ではかなり動いて來た共感の氣持も、老父の押しつけがましい意力に反撥させられて、何か嫌あな思ひが胸に湧いた、しかし、

「まあ、私に出來ますことは……」とかすかな聲で返事しなければならなかつた。

電氣行燈《あんどん》の灯の下に、竈河岸《へつつひがし》の笹卷の鮨《すし》が持出された。老父は一禮して引込んで行つた。首の向きも直さず、濃く煙らして、爐炭の火を見詰めてゐた娘の瞳と睫毛《まつげ》とが、黑曜石《こくえうせき》のやうに結晶すると、そこからしとり〳〵雫《しづく》が垂れた。客の私が、却つて浮寢鳥《うきねどり》に枯柳の裾模樣の着物の小皺

もない娘の膝の上にハンケチを當てがひ、それから、鮨を小皿に取分けて、笹の葉を剝いてやらねばならなかつた。

でも、娘は素直に鮨を手に受取ると、一口端を嚙んだが、またしばらく手首に涙の雫を垂し、深い息を吐いたのち、

「あたくし、辛《つら》い！」と云つた。そして私の方へ顏を斜めに向けて、

「あたくしは、とき〴〵いつそのこと藝妓にでも、女給にでもなつて、思ひ切り世の中に暴れてみようと思ふことがありますの」

それから、口の中の少しの飯粒も苦いもののやうに、懷紙を取出して吐き出した。

私は、この娘がさういふものになつて暴れるときの壯觀をちよつと想像したが、それも一瞬ひらめいて消えた火のやうな痛快味にしか過ぎないことを想ひ、さしづめ、「まあそんなに思ひ詰めないでも、辛抱《しんぼう》してゐるうちには、何とか道は拓けて來ますよ」と云はないではゐられなかつた。

昨夜から今朝にかけて雪になつてゐた。私は炬燵《こたつ》に入つて、叔母に向つて駄々を捏《こ》ねてゐた。

「あすこの家へ行くと、すつかり分別《ふんべつ》臭い年寄りにされて仕舞ふから……」

「だから、なほのこと行きなさいよ。面白いぢやないか、さういふ家の內情なんて、小説なんかには持つて來いぢやありませんか」

この叔母は、私の生家の直系では一粒種の私が、結婚を避け、文筆を執ることを散々歎いた末、遂に私の意志の曲げ難いのを見て取り、せめて文筆の道で、生家の名跡を遺《のこ》さしたいと、私を策

勵しにかゝつてゐるのだつた。

「叔母さんなんかには、私の氣持判りません」

「あなたなんかには、世の中のこと判りません」

だが、かういふ口爭ひは、しじゆうあることだし、そして、私を溺愛《できあい》する叔母であることを知ればこそ、苦笑しながらも、それを有難いと思つて、享《う》け入れてゐる私との間には、いはゞ、睦《むつ》まじさが平凡な眠りに墮《お》ちて行くのを、强ひて搖り起すための淸涼劑に使ふものであつたから、調子の彈《はず》むうちはなほ二口三口、口爭ひを續けながら、私はやつぱり河沿ひの家のことを考へてゐた。

結局あの娘のことを考へてやるのには、どうしても、海にゐるといふ許婚の男の氣持を一度見定めてやらなければならなくなるのだらう。こゝまで煩はされた以上、もう仕事のために河沿ひの家を選んだことは無駄にしても、兎に角、この擾《みだ》された氣持を澄ますまで、私はあの河沿ひの家に取付いてゐなければならない。

河沿ひの家で出來たことは、河沿ひの家できれいに始末して去り度い。

さう思つて來ると、口惜しさを晴らす意地のやうなものが起つて來て、私は炬燵の蒲團から煩を離して立ち上つた。

「河沿ひの仕事部屋へ雪見に行くわ」

叔母は自分の意見を採用しながら、まだ、瘦我慢《やせがまん》に態《てい》のよいことを云つてると見て取り、得意の微笑を泛《うか》べながら、

「えゝ〳〵、雪見にでも、何でも好いから、いらつしやいとも」と云つて、いそ〳〵と土産ものと車を用意して呉れた。

昨日の禮に店先へ交魚《かうぎよ》の盤臺《はんだい》を届けて、よろしくと云ふと、居合せた店員が、

「大旦那は昨夕からお臥《ふ》せりで、それからお孃さんもご病氣で」と挨拶した。私は「おや」と思ひながら、さつさと自分の河沿ひの室へ入つた。

いつもの通り、やまが火鉢の火種を持つて來た。

「お孃さんお風邪……」と私は訊いて見た。

やまは、「えゝ、いえ、あの、ちよつとご病氣でございます」と云つて、訊ねられるのを好まぬやうに素早く去つた。

何か様子が妙だとは思つたが、窓障子を開け放した河面を見て、私はそんな懸念も忘れた。

雪はほとんど小降りになつたが、よく見ると鉛を張つたやうな都の曇り空と膠《にかは》を流したやうな堀河の間を爪で掻き取つた程の雲母《きらゝ》の片《き》れが絶えず漂つてゐる。眼の前にぐいと五大力《ごだいりき》の苫《とま》を葺《ふ》いた舳《へさき》が見え、厚く積つた雪の兩端から馬の首のやうに氷柱《つらゝ》を下げてゐる。少し離れて團平船《だんぺいぶね》と傳馬船《てんません》三艘とが井桁《ゐげた》に歩び板を渡して、水上に高低の雪渓を拵へて蹲《うづくま》つてゐる。水をひた〳〵と湛《たゝ》へた向う河岸の石垣の際に、こんもりと雪のつもつた處々を引つ掻いて木肌の出た筏《いかだ》が乘り捨ててあり、乘手と見える蓑笠《みのかさ》の人間が、稲荷の垣根の近くで焚火《たきび》をしてゐる。稲荷の祠《ほこら》も垣根も雪に隈取《くまど》られ、ふだんの紅殻《べにがら》いろは、河岸の黒まつた倉庫に對し、緋縅《ひをどし》の鎧《よろひ》が投げ出されたやうな、鮮やかな一堆《たい》に見える。河岸通りのこの家の娘は、この龜島川は一日の通船數が三百以上も

あり、泊り船は六十以上で、これを一町に割當てるとほゞ十艘づつになると云つたが、今日はさういふ河容《かはかたち》とは、まるで違つたものに見える。

そして、私が心を奪はれたのは、いよ〳〵、さういふ現象的の部分々々ではなかつた。ふだんの繁劇な都會の濠川の人爲的生活が、雪といふ天然の威力に押へつけられ、逼塞《ひつそく》した隙間から、ふだんは聞き取れない人間の哀切な囁きがかすかに漏れるのを感ずるからであつた。そして、これは都會の人間から永劫《えいごふ》に直接具體的には聞き得ず、かういふ偶々《たまたま》の場合、かういふ自然現象の際に於て、都會に住む人間の底に潜《ひそ》んだ嘆きの總意として、聽かれるのであつた。かういふ意味で、眼の前に見渡す雪は、私が曾て他所の諸方で見たものと違つて、やはり、東京の濠川の雪景色であつた。

小店員が入つて來て、四、五通の外文の電報や外文の手紙を見て呉れと差し出した。

「まことに濟みませんが、店の者がみんな出拂つちやいましたし、大旦那にもお孃さんにも寢込まれちやいましたので……」

大切な急ぎの用だと困るといふので私が見たその註文の電報や外文は南洋と云はれる範圍の各地からだつた。その一つには、

板舟。　　鯛箱《たひはこ》。
卸し庖丁《はうちやう》大小。　　鱈籠《たらかご》。
盤臺《はんだい》。　　河岸手桶。

計りザル。　油屋ムネカケ。
打鉤《うちかぎ》大小。　タンベイ。
足中草履《あしなかざうり》。　引切《ひつきり》。

ローマ字から判讀するこれ等は、誰か爪哇《ジャワ》で魚屋を始める人があつて、その道具を註文して來たのだつた。

一禮して去る小店員に向つて、私は、

「かういふ簡單なものもご覽になれないつて、お孃さんどういふご病氣なの」

と云ふと、小店員はちよつと頭を掻いたが、

「まあ、氣鬱症《きうつしやう》とか申すのださうでございませうかな。滅多《めつた》にございませんが、一旦さうおなりになると一人であすこへ閉ぢ籠つて、人と口を利くのを嫌がられます」

若しかして、昨日、茶席での談話が、娘を刺戟し過ぎて、娘は氣鬱症を起したのかも知れない。さう云へばだん／＼娘の性情の不平均、不自然なところも知れて來かゝつてゐたし、さういふ搖り返しが、たま／＼起るといふことも、今更、不思議に思はれなくなつてゐた。私は小店員の去つたあと、また河の雪を眺めてゐた。

水は少し動きかけて、退き始めると見える。雪まだらな船が二、三艘通つて、筏師《いかだし》も筏へ下りて、纜《ともづな》を解き出した。

やゝ風が吹き出して、河の天地は晒《さら》し木綿の瀧津瀬《たきつせ》のやうに、白瀾濁化《はくらんだくくわ》し、とき／＼硝子障子

の一所へ向けて吹雪《ふぶき》の塊りを投げつける。同時に、形がない生きものが押すやうに、障子はがた〳〵と鳴る。だが、その生きものは、硝子板に戸惑つて別に入口を見附けるやうに、ひゆう〳〵唸《うな》つて、この建物の四方を馳せ廻る。

ふと今しがた小店員が云つた氣鬱症の娘が、何處に引籠つてゐるのだらうと私は考へ始めた。暫くして娘が氣鬱症にかゝるとあすこに……と云つた小店員がその言葉と一緒に一寸仰向き加減にした様子が、いかにも娘が私の部屋の近くにでもゐるやうな氣配を感じさせたのに氣づくと、娘は私の頭の上の二階にゐるのではないかと、思はずしがみついてゐた小長火鉢から私は體を反《そ》らした。

一たい、この二階がをかしい。私がこゝへ來てから、もう一月半以上にもなるのに、階段を傳つて、二室ある筈のそこへ出入りする人を見たことがない。階段を上り下りする人間は、大概顔見知りの店員たちで、それは確かに三階の寢泊りの大部屋へ通ふものであつて、晝は店に行つてゐて、そこには誰もゐない二階の表側の一室は、物置部屋に代つた空事務室の上だから、私の部屋からは知れないやうなものの、少くとも河に面した方の二階の今一つの空部屋は私が半日づゝ住むこの部屋のすぐ頭の上だから、いかに床の層が厚くても、普通に人が住むならその氣配は何とか判りさうなものだ。それがふだんまるきり無人の氣配であつた。ひよつとしたら、娘がけふはそつとその室に閉ぢ籠つてゐるのではあるまいか。

それから、私は注意を二階に集めて、氣を配つたが、雪は小止みとなり、風だけすさまじく、幽《かす》かな音も聽き取れなかつた。定刻の時間になつたので私は歸つた。

あくる日は雪晴れの冴えた日であつた。昨日から何となく私の心にかゝるものがあつて私は今までになく早朝に家を出て河岸の部屋へ來た。そしてやゝ改まつた様子で机の前に坐つてゐると、思ひがけない顔をしてやまがはいつて來た。私は早く來たことについて好い加減な云ひわけを云つたのちやまに向つて、天井を振り仰ぎ乍ら

「どなたかこの上のお部屋にゐるの」と訊いた。

やまは「はあ」と答へた。

私の心の底の方にあつた想像が、うつかり口に出た。

「お嬢さんでもいらつしやるのではないの」

すると、やまの返事は案外無造作に、

「はあ、昨日もお晝前からいらつしやいました」と云つた。

「どういふお部屋なの」

やまは「さあ」と云つたが、實際、室の中の事は知らないらしく、他の事で答へた。

「昨日の大雪で、あなたはおいでにならないでせうと、お嬢さんは二階のお部屋へお入りになりました。晩方、お部屋から出ていらしつた時、私があなたがおいでになつたのを申上げると、とても、落膽《がつかり》なすつていらつしやいました。時々お二階の部屋へお嬢さんはお入りになりますが、その時はどんな用事でもお部屋へ申上げに行つてはならないと仰有《おつしや》いますので……」

私には判つた。それは娘の歎きの部屋ではあるまいか。しんも根《こん》も盡き果てて人前ばかりでなく自分自身に對しての、張氣も裝ひも投げ捨てて、投げ捨てるものもなくなつた底から息を吸ひ

上げて來ようとする、時折の娘の命の休息所なのではあるまいか。

だが、とき〴〵にもせよ、さういふ一室に閉ぢ籠れるのは羨ましい。寧《むし》ろ嫉ましい。自分のやうに一生といふ永い時間をかけて、世間といふ廣い〳〵部屋で筆を小刀《メス》に心身を切りこま裂《ざ》いて見せ、それで眞實が屆くやら、屆かぬやら判りもしない、得體の知れない苛立《いらだ》たしいなやみの種を持つものは、割の惡い運命に生れついたものである。

「で、今朝はお孃さんは？」

と私が云ふと、やまは俄に思ひついたやうに、

「あゝさうでしたつけ、お孃さんが今日あなたがいらしつたら、お二階へおいで願ふやうに申上げて呉れと先程お部屋へ入るまへに仰有いました」

やまはこゝまで云つて、また躊躇するやうに、

「でも、お仕事お濟ましになつてからでないとお惡いから、それもよく伺つて、ご都合の好い時に……つて……」

私は一まづやまを店の方へ歸して、一人になつた。

河の水は濃い赤土色をして、その上を歩いて渡れさうだ。河に突き墜《おと》された雪の塊りが、船の間にしきりに流れて來る。それに陽がさすと窈幻《えうげん》な氷山にも見える。こんなものの中にも餌があるのか、鳥が下り立つて、嘴《くちばし》で掻き漁《あさ》る。

鳥の足掻きの雪の飛沫から小さな虹が輪になつて出滅する。太鼓の音が殷々《いん〳〵》と轟く。向う岸の稲荷の物音である。

私は一人になつて火鉢に手をかざしながら、その殷々の音を聞いてゐると、妙にひし〳〵と寂しさが身に迫つた。娘の憂愁が私にも移つたやうに、物憂く、氣怠《けだる》い。そしていつ爆發するか知れない苛々したものがあつて、心を一つに集中させない。私は時を置いて三、四度、部屋の中を爪立ち歩きをして廻つて見たが、どうにもならない。やまは娘が、私の仕事時間を濟ましてから來て欲しいと言傳《ことづ》てたが、いつそ、今、直ぐ獨斷に娘を二階の部屋へ訪れてみよう――

二階の娘の部屋の扉をノックすると、私の想像してゐたとはまるで違つて見える娘の顔が覗いて、私を素早く部屋の中へ入れた。私の不安で好奇に彈んだ眼に、直ぐ室内の様子ははつきり映らない。爪哇更紗《ジャワサラサ》のカーテンが、扉の開閉の際に覗《のぞ》かれる空間を、三、四尺奥へ間取つて垂れ廻してある。戸口とカーテンのこの狹い間で、娘と私はしばらく睨み合ひのやうに見合つて停つた。シャンデリヤは點け放しにしてあるので、暗くはなかつた。

思ひがけない情景のなかで突然娘に逢つて周章《あわ》てた私の視覺の加減か、娘の顔は急に瘦《や》せて、その上歪《ゆが》んで見えた。ウェーヴを彈ね除《の》けた額は、圓くぽこんと盛れ上つて、それから下は、大きな鼻を除いて、中窪みに見えた。顎《あご》が張り過ぎるやうに目立つた。いつもの美しい眼と唇は、定まらぬ考へを反映するやうに、ぼやけて見えた。

娘は唇の右の上へ幼稚で意地の惡い皺をちよつと刻んだかと見えたが、ぼやけてゐたやうな眼からは、たちまちきらりとなつかしさうな瞳が覗き出た。

「…………」

「…………」

感情が衝《つ》き上げて來て、その遣り場をしきりに私の胸に目がけながら、腰の邊で空に藻掻《もが》かしてゐる娘の兩方の手首を私は握つた。私は娘にこんな親しい動作をしかけたのは始めてである。

「何でも云つて下さい。構ひません」

私のこの言葉と、もはや、泣きかゝつて、おろ〳〵聲で云ふ娘の次の言葉とが縺《もつ》れた。

「あなたを頼りに思ひ出して、あたくしは……却つて氣の弱い……女に戻りました」

そして、どうかこれを見て呉れと云つて、始めて私をカーテンの内部へ連れ込んだ。

東の河面に向くバルコニーの硝子扉から、陽《ひ》が差し込んで、まだつけたまゝのシャンデリヤの灯影をサフラン色に透《す》き返させ、その光線が染色液體のやうに部屋中一ぱい漲《みなぎ》り溢れてゐる。床と云はず、四方の壁と云はず、あらゆる反物の布地の上に、染めと織りと繡《ぬ》ひと箔《はく》と繪羽《ゑは》との模樣が、搖れ漂ひ、濤《なみ》のやうに飛沫《ひまつ》を散らして逆巻き亙つてゐる。徒らな豪奢のうすら冷い觸覺と、着物に對する甘美な魅惑とが引き浪のあとに殘る潮鳴の響のやうに、私の女ごころを衝《う》つ。

開かれた仕切りの扉から覗かれる表部屋の澤山の簞笥や長持の新しい木膚を斜めに見るまでもなく、これ等のすべてが婚禮支度であることは判る。私はそれ等の布地を、轉び倒れてゐるものを勞《いたは》り起すやうに、

「まあ、まあ」と云つて、取り上げてみた。

生地は紋綸子《もんりんず》の黑地を、ほとんど黑地を覗かせないまで括《く》り染めの雪の輪模樣に、竹のむら垣を置縫ひにして、友禪《いうぜん》と置縫ひで大膽な紅梅立木を全面に花咲かしてゐる。私はすぐ傍にどしりと投げ皺められて、七寶配りの箔《はく》が盛り上つてゐる帶を掬《すく》ひ上げながら、なほお納戸《なんど》色《いろ》の千羽鶴

の着物や、源氏あし手の着物にも氣を散らされながら、着物と帶をつき合せて、「どう、いゝぢやないの……」と、まるで呉服屋の店先で品選りするやうに、何もかも忘れて眺めてゐた。

娘は、私から少し離れて佇んでゐた。

「今日、あなたに見て頂かうと思ひまして、昨夜晩くまでかゝつて展げて置きましたのですけど……あたくし、こんなもの、何度、破り捨てて、新しく身の固めを仕直さうと思つたか判りません。でも、やつぱり出來ないで……時々こゝへ來ては未練がましく出したり取り散らしたりして見るのですけれど……」

明るみに出て、陽の光を眞正面に受けると、今まで薄暗いところで見た娘の貌《かほ》のくぼみやゆがみはすつかり均《な》らされ、いつもの爛漫として大柄の娘の眼が涙を拭いたあとだけに、尙更、冴え〴〵としてしをらしい。

「いつ頃、これを拵《こしら》へなさつて？」

「三年まへ……」

娘はしを〴〵と私に訴へる眼つきをした。私は堪らなく娘がいぢらしくなつた。日はあか〳〵と照り出して、河の上は漸く船の往來も繁くなつた。

「あんまりこんな所に引込んでゐると、なほ氣が腐りますからね。けふは、何處か外へ出て、氣をさつぱりさせてから、本當にご相談しませう」

河岸には二人並んで歩ける程、雪搔きの開いた道が通り、人の往來は稀だつた。

二歳のとき母に死に別れてから、病身で昔ものの父一人に育てられ、物心ついてからは海にばかりゐる若い店員のつきとめられない心を追つて暮す寂しさに堪へ兼ねた娘は、ふと淡い戀に誘はれた。

相手は學校へ往き來の江戸川べりを調査してゐる土俗地理學者の若い紳士であつた。この學者は毎日のやうに、この沿岸に來て、舊神田川の流域の實地調査をしてゐるのであつた。

河の源は大概複雜なものだが、その神田川も多くの諸流を合せてゐた。まづ源は井頭池《ゐのかしらいけ》から出て杉並區を通り、中野區へ入るところで善福寺川を受け容れ、中野區淀橋區の境を過ぎ落合町で妙正寺川と合する。それから淀橋區と豐島區と小石川區の境の隅を掠《かす》めて、小石川區牛込區の境線を流れる江戸川となる。飯田橋橋點で外濠と合流して神田川となつてから、なほ小石川から來る千川を加へる。お茶の水の切割りを通つて神田區に入り、兩國橋の北詰で隅田川に注ぐまで、幾多の下町の堀川とも提携する。

東京の西北方から勢を起しながら、山の手の高臺に阻《はゞ》まれ、北上し東行し、まるで反對の方へ押し遣られるやうな迂曲《うきよく》の道を辿りながら、しかもその間に頼りない細流を引取り育《はぐく》み、強力な流れはそれを馴致《じゆんち》し、より強力で偉大な川には潔く沒我合糅《がふじう》して、南の海に入る初志を遂げる。

この神田川の苦勞の跡を調べることも哀れ深いが、もとこの神田川は麹町臺の崖下に沿つて流れ、九段下から丸の内に入つて日本橋川に通じ、芝浦の海に口を開いてゐた。この江戸築城以前の流域を調べることは何かと首都の地理學的歴史を訪ねるのに都合が良かつた。例へば、單に下流の部分の調査だけでも、昔大利根が隅田川に落ちてゐた時代の河口の沖積《ちゆうせき》作用を確めることが出來たし、その後、人工によつて河洲を埋立てて下町を作つた、その境界も知れるわけであつた。この龜島町邊も三百年位前は海の淺瀬だつたのを、神田明神のある神田山の臺を崩して、その土で埋めて拵へたものである。それより七、八十年前は淺草なぞは今の佃島《つくだじま》のやうに三角洲《デルタ》だつた。

かういふ知識もその若い學者から學ぶところが多かつたと、娘は眞向から戀愛の抒情を語り兼ねて先づかういふ話から始めたのであつた。

娘は目白の學校への往復に、その川べりのどこかの男の仕事場で度々出遇ひ、始めはたゞ好感を寄せ合ふ目禮から始まつて、だん〳〵その男と口を利き出すやうになつた。娘は、その男から先づ彼女に緣のある土地と卑近な興味の知識によつて、東京生れの娘が今まで氣附かずにゐたものの、その實はいかに東京の土と水に染みてゐるかを學問的に解明された。

「明日は、大曲《おほまがり》の花屋の前の邊にゐます。いらつしやい」

その若い學者は科學の中でも、過去へ過去へと現代から離れて行く歴史性に、現實的の精力を取り籠められて行く人にありがちな、何となく世間に對しては臆病であり乍ら、自己の好みに對しては一克《いつこく》な癇癖《かんぺき》のやうなものを持つてゐた。それは純粋な坊ちやん育ちらしい感じも與へた。

「さあ、明日からはいよ〳〵お茶の水の切り堀に取りかゝりませう。學校へは少し廻りになるかも知れませんが、いらつしやい、いゝでせう」

この男が、いゝでせうといふときは、既に決定的なものであつて、おづ〳〵と云ひ出すのだが、云ひ出した以上、もう執拗《しつこ》く主張して訊き入れなかつた。

萬治の頃、伊達家が更に深く掘り下げて舟を通すやうになつたので仙臺堀とも云つてゐる、この切り堀の斷崖は、東京の高臺の地層を觀察するのに都合がよかつた。第四紀新層の生成の順序が、ロームや石や砂や粘土や砂礫《されき》の段々で面白いやうに判つた。もうこの時分、娘は若い學者の測量器械の手入れや、採條袋の始末や、ちよつとした記錄は手傳へるやうになつてゐた。

娘は學者の家へも出入りするやうになつてゐた。富んだ華族の家で、一家は大家族だが、みな感じがよく、家の者も娘を好んだ。若い學者は兄弟中の末子で、特に兩親に愛されてゐるやうだつた。「お茶を飲みに行きませんか」「踊りに行きませんか」から云ふこともある傍ら、娘は日本橋川を中心に、その界隈《かいわい》の掘割川の下調べを賴まれもした。

八ヶ月ほどかゝつた舊神田川の調査のうちに、娘は學校を卒業した。娘はその若い學者に結婚を申込まれた。

「いゝでせう、君」

やはり、おづ〳〵と云ひ出すのだが、執拗《しつこ》く主張した。娘想ひの老父は、まことに良緣と思ひ、氣心の判らぬ海へ行つた若い店員との婚約は解消して是非その男に娘を嫁入らせると意氣込んだ。海にゐる若い店員からも同意の電報が來た。

小さいときから一緒に育つたけれども、青年期に入る頃から海に出はじめ、だん〳〵父娘《おやこ》には性格が茫漠《ばうばく》として來た若い店員には、今はもう强ひて遠慮する必要は無い。娘の結婚を知らせるにも氣易かつた。若い學者との結婚の支度は着々と運んで行つた。

「川を溯《さかのぼ》るときは、人間をだん〳〵孤獨にして行きますが、川を下つて行くと、人間は連れを欲し、複數を欲して來るものです」

若い學者は內心の彈《はず》む心をかういふ言葉で娘に話した。娘も嫌ではなかつた。だが、ある夜遲くあの部屋へ入つて、結婚衣裳を調べてゐて、ふと、上げ潮に鷗《かもめ》の鳴く聲を聽いたら、娘は芝居の幕が閉ぢたやうに、若い學者との結婚が馬鹿らしくなつた。陸へ上つて來ない若い店員が心の底から慕はれた。茫漠とした海の男への繫《つな》がりをいかにもはつきりと娘は自分の心に感じた。

一時はひどく腹を立てても、結局、娘想ひの父は、若い學者の家には、平謝《ひらあやま》りに謝つて、結婚を思ひ切つて貰つた。若い學者はいくらか面當ての氣味か、當時女優で名高かつた女と結婚して、ときどき家庭はごたごたしてゐる。

「ぢやあ、その方には戀ではなくつて、學問の好奇心で牽《ひ》かれて行つたのね。道理で、あなた、河川《かせん》の事に詳《くは》しいと思つた」

私は苦笑したが、この爛漫とした娘の性質に交つた好學的な肌合ひを感じ、それがこの娘に對する私の敬愛のやうな氣持にもなつた。

「あなた男なら學者にもなれる頭持つてるかも知れないのね」

娘は少し赧くなつた。

「……私の母が妙な母でした。漢文と俳句が好きで、それだのに常磐津《ときはづ》の名取りでしたし、築地のサンマー英語學校の優等生でしたり……」

娘はその後のことを語り繼いだ。その後、久しぶりで、陸に上つて來た若い店員に思ひ切つて訊いた。

「どうしたら、私はあなたに氣に入るんでせう」

男はしばらく考へてゐたが、

「どうか、あなたが女臭くならないやうに……」

海の男は相變らず曖昧《あいまい》なことを云つてゐるやうで、その語調のなかには切實な希求が感じられたと娘は眼に涙さへ泛《うか》べ、最上の力で意志を撓《たわ》め出すやうに云つた。

「私のそれからの男優りのやうな事務的生活が始まりました。その間二、三度その男は歸つて來ましたが、何とも云はずに酒を飲んで、また寂しさうに海へ歸つて行きました。私はまだ、どこか灰汁《あく》拔けしない女臭いところがあるのかと、自分を顧みまして、努めようとしましたが、もうわけが分りません、迷ひ續けながら、それでも一生懸命に、その男の氣に入るやうにと生活して來ますうち、あなたにお目にかゝりました」

東京の中で、朝から食べさせる食物屋は至つて數が少い。上野の揚げ出しとか、日本橋室町の花村とか、昔から決つてゐるうちである。さうでなければ各停車場の食堂か、驛前の旅籠《はたご》屋や魚市場の界隈の小料理屋である。けれども女二人ではちよつと困る。私たちは寒氣の冴える朝の楓《かへで》川に沿ひ、京橋川に沿つて歩いたが、さう〴〵は寒さに堪へられない。車を呼び止めて、娘をホテルの食堂に連れて行き、早い晝飯を食べさした。そのあと、ローンヂでお茶を飲みながら、

「面倒臭いぢやありませんか、そんなことといつまでもぐづ〴〵云つたつて……そんなこと云つて、その人が陸へ寄りつかないなら、こつちから私があなたを連れて、その人の寄る船つき場へ

尋ねて行き、のつぴきさせず、お話をつけようぢやありませんか」

私も東京生れで、いざとなると、無茶なところが出るのだが、それよりもこの得體《えたい》の知れない男女關係の間に纏縛《てんばく》され、退《ひ》くに退かれず、切放しも出來ず、もう少し自棄《やけ》氣味になつてゐた。

すべてが噎《む》せるやうである。また漲《みなぎ》るやうである。こゝで蒼穹《さうきゆう》は高い空間ではなく、色彩と密度と重量をもつて、すぐ皮膚に壓觸《あつしよく》して來る濃い液體である。叢林は大地を肉體として、そこから迸出《へいしゆつ》する鮮血である。くれなゐ極まつて綠礬《りよくはん》の輝きを閃《ひらめ》かしてゐる。物の表は永劫《えいごふ》の眞晝に白み亙《わた》り、物陰は常闇《とこやみ》世界の烏羽玉《ぬはたま》いろを鏤《ちりは》めてゐる。土は陽炎《かげろふ》を立たさぬまでに熟燃してゐる。空氣は焙《あぶ》り、火線は刺す――

私と娘は、いま新嘉坡《シンガポール》のラフルス・ホテルの食堂で晝食を攝《と》り、すぐ床續きのヴェランダの籐椅子から眺め渡すのであつた。

芝生の花壇で尾籠《びろう》なほど生《なま》の色の赤い花、黄の花、紺の花、赭《あかつち》の花が花瓣を犬の口のやうに開いて、戲《ざ》れ、嚙み合つてゐる。

「どう」私は娘に訊いた。

「二調子か三調子、氣持の調子を引上げないと、とてもこの強い感じは受け切れないわ」と娘は眼を眩《まぶ》しさうに云つた。娘は旅に出てから、全く私に倚《よ》りかゝるやうになつただけ、親しくぞんざいな口が利けるやうになつた。

私には、あまりに現實に乗出し過ぎた物のすべてが、却つて感覺の度に引つかゝらないやうに、これ等の風物が何となく單調に感じられて眠氣を誘はれた。

「半音の入つてゐない自然といふものは、眠いものね」

私は娘が頸を傾けてもう一度訊き返さうとするのを、別に了解して欲しいほどの事柄でもないので、他の事を云つた。

「兎に角、熱いわね。かういふ所で、ランデヴウする人も、さぞ骨が折れるでせうが、そのランデヴウを世話する人は、いよ〳〵並大抵ぢやないわね」

私は揶揄《からか》ひながら、横を向き、ハンカチを額へ持つて行つて、沁《し》み出す汗を抑へた。娘は親身《しんみ》に嬉しさを感ずるらしく、ちよつと籐椅子を私の方へゐざり寄せ、肘《ひぢ》で輕く私の脇の下を衝いた。

私は娘の身の上を引受けてから、若い店員と話をつける手段を進めた。丁度ボルネオの沿岸を航行してゐた船の若い店員に手紙と電報で事情の經緯《いきさつ》を簡單に述べ、あらためて、私が仲に立つ旨を云ひ遣《や》ると、店員からは案外喜んだ承諾の返事が來て、但、いま船は暹羅《シャム》の鹽魚を蘭領印度に運ぶためにチャーターされてゐるから、船も歸せないし、自分も脱けられない。新嘉坡《シンガポール》なら都合出來る。見物がてら、ぜひそこへ來て貰ひ度いと、寧ろ向うから懇請するやうな文意でもあつた。

私は娘にはあゝは約束したが、たか〴〵臺灣の基隆《キールン》か、せめて香港《ホンコン》程度まででであらうと豫想してゐた。そこらなら南洋行の基點ではあり、双方好都合である。新嘉坡となると、ちよつと外遊するぐらゐの心支度をしなければならない。

――少し當惑してゐるとき思ひの外力になつたのは叔母である。娘のとき藩侯《はんこう》夫人の女祕書のやうなことをして、藩侯夫妻が歐洲の公使に赴任《ふにん》するとき伴はれ、それから歸りには世界の國々をも廻つて來た女だけに、自分の畑へ水を引くやうに、私を勵ました。

「あんたも一遍そのくらゐのところに行つていらつしやい。すると世間も廣くなつて、もつと私と話が合ふやうになりますから」

それから、女二人の旅券だの船だの信用狀だのを、自分一人で掻き込むやうにして埒《らち》を開け、神戸まで見送つて呉れた。

シンガポール邦字雜誌社の社長で、南洋貿易の調査所を主宰してゐる中老人が、白の詰襟服《つめえりふく》にヘルメットを冠つて迎へに來て呉れた。朝、船へは紋付の和服で出迎へて呉れたのであるが、そのときに較べて、いくらか精氣を帶びて見えた。

「名物のライスカレーはいかゞでしたか。とても辛《から》くて內地の方には食べられないでせう」

私は晝の食堂で、カレー汁の外に、白飯に交ぜる添菜《てんさい》が十二、三種もオードウブル式に區分け皿に盛られてゐるのを、盛裝した馬來人《マレイ》のボーイに差し出されて、まづ食慾が怯《おび》えてしまつたことを語つた。中老人は快《こころよ》げに笑つて、

「女の方は大概さう云ひますね。だがあの中には日本の乾物のやうなものも混つてゐて、オツなものもありますよ。慣れて來ると、さういふ好みのものだけを選めば、結構食べられますよ」

こんなことから話を解《ほご》し始めて、私たちは市中で晝食後の晝寢時間の過ぎるのを待つた。

叔母はさすがに女二人だけの外地の初旅に神經を配つて、あらゆる手蔓を手賴《たよ》つて、この地の官民への紹介狀を貰つて來て私に與へた。だが、私はそれ等を使はずに、たゞ一人この中老人の社長を便宜に賴んだ。それは次のやうな理由で未知であつた社長を既知の人であつたかのやうにも思つたからである。

私が少女時代、文學雜誌に紫苑《しをん》といふ雅號で、しきりに詩を發表してゐた文人があつた。その詩はすこぶるセンチメンタルなものであつて、死を憧憬し、悲戀を慟哭《どうこく》する表現がいかに少女の情緒にも、誇張に感じられた。しかもその時代の日本の詩壇は、もはやそれらのセンチメンタリズムを脱し、賑やかな官能を追ひ求めることに熱中した時代であつて、この主流に對比しては、いよいよ紫苑氏の詩風は古臭く索寞《さくばく》に見えた。それでも氏の詩作は續けられてゐた。そのうち、ふと消えた。二、三年してから僅かに三、四篇また現れた。それは、「飛魚」とか「貿易風」とかいふ題の種類のもので、いくらか詩風は時代向きになつたかと感じられる程度のことが、却つて詩形をぎごちなくしてゐた。詩に添へて紫苑氏が南の外洋へ旅に出た消息が書き加へられてあつた。しかし、その後に紫苑氏の詩は永久に見られなくなつた。

この新嘉坡《シンガポール》邦字雜誌の社長が、當年の詩人紫苑氏の後身であつた。私は紫苑氏の後身の社長が、その携つてゐる現職務上土地の知識に詳しからうといふことも考へに入れたが、その前身時代の詩にどこか人の良いところが見えたのを憶ひ出し、この人ならば安心して、なにかと手引を賴めると思つた。

「ともかく、私が日本を出發するときの氣概は大變なものでしたよ。白金巾《しろかなきん》の洋傘に、見よ大《たね》鵬《ほう》の志を、圖南《となん》の翼を、などと書きましてね。それを振り翳《かざ》したりなんかしましてね……今から思へば恥かしいやうなもので、は、は、は……」

そしてお茶の代りにビールを啜《すゝ》りながら、扇を使つてゐた中老の社長は感慨深さうに、海を見詰めてゐたが、

「人間の行き道といふものは、自分で自分のことが判らんものですな。僕のその時分の初志は、どこか南洋の孤島を見附けて、理想的な詩の國を建設しようとしたにあつたのですが……だんだん現實に觸れて見ると、まづその知識や準備をといふことになり、次には自分はもう出來ないから、それに似たやうな考への人に、折角貯へた自分の知識を與へようといふことになり、それが職業化すると、單なる事務に化してしまひます」

中老人は私達をじろ〳〵眺めて、

「普通の人にならこんな愚痴は云はないで、たゞ磊落《らいらく》に笑つてゐるだけですが、判つて下さりさうな內地の若い方を見ると、つい喋《しやべ》りたくなるのです。あなた方のお年頃ぢや判りますまいが、人間は幾つになつても中學生のこゝろは遺《のこ》つてゐます」

そして屹《きつ》となつて私の顏を見張り、自分が云ひ出す言葉が、どう私に感銘するかを用心しながら云つた。

「僕は、今でも、僕の雜誌の詩壇の選者を頑張つてやつてゐます。だん〳〵投書も少くなるし、內地の現代向きの人に代へろと始終編輯主任に攻撃されもしますが、なに、これだけは死ぬまで人にはやらせない積りです」

日盛りの中での日盛りになつたらしく、戸外の風物は灼熱極まつて白爐化した灰色の燒野原に見える。時代をいつに所を何處と定めたらいゝか判らない、天地が灼熱に溶けて、靜寂極まつた自然が夢や幻になつたのではあるまいか。そこに強烈な色彩も匂ひもある。けれども、それは浮き離れて、現實の實體觀に何の關りもない。たゞ、左手海際の林から雪崩《なだ》れ込む若干の椰子《やし》の樹の切れ離れが、急に數少く七、八本になり三本になり、距《へだ》てて一本になる。そして亭々とした華奢《きやしや》な幹の先の思ひがけない葉の繁みを、女の額の截《き》り前髪のやうに振り捌《さば》いて、その影の部分だけの海の色を涼しいものにしてゐる。こゝだけが抉《えぐ》り取られて、日本の景色を見慣れた私たちの感覺に現實感を與へる。

天井に唸る電氣扇の眞下に居て、けむるやうな睫毛《まつげ》を瞳に冠せ、この娘特有の霞《かすみ》性をいよ〳〵全身に擴げ、悠長に女扇を使ひながら社長の云ふことを聽いてゐる。私が手短に娘をこゝへ連れて來た事情を社長に話す間も、この娘はまるで他にそんな娘でもあるのかと思ひでもしてるやうな面白さうな顏をして聽いてゐる。私は憎しみを感ずるくらゐ、私に任せ切りの娘の態度に呆れながら、始めは娘をこの方と社長に云つてゐたのを、いつの間にか、この子といふ言葉に代へて仕舞つてゐた。

「どうも、近代的の愛といふものは複雑ですな。もう、僕等の年代の人間には、はつきりは觸れられんが……」

舊詩人の社長は、よく通りがかりの旅客が、寄航したその場だけ、得手勝手なことを頼み、あとはそれなりになつてしまふ交際に慣れてゐるので、私が娘を連れて、こちらに來た用向きを話し出すと、始めは氣のない顔つきをしてゐたが、だん〳〵乘り出して來た。

「その男なら時々調査所へ來て、話して行きますよ。淡泊で快活な男ですがね」

社長はビールを啜《すゝ》つたり、ハンカチで鼻を擦つたりする動作を忙しくして、やゝ興奮の色を示し、

「へえ、あの男がかういふ美しいお孃さんとさういふことがあるんですか。それはロマンチックなお話ですね。よろしい、一つお手傳ひしませう」

中老の社長はその男にも好意を持つと同時に、自分も自分の奧に燃え燻《くすぶ》つてしまつた青春の夢を他人ごとながら、再び繰り返せるやうに氣が彈んで來たらしい。

「戀といふものは人間を若くする。酒と子供は人間を老いさせる」

ステッキの頭の握りに兩手を載せ、その上に顎《あご》の端を支へ乍ら、こんな感慨めいた言葉を吐いた。大酒呑みで子供の大勢あるといふ中老の社長は、籐のステッキをとんと床に一突きして立上ると、

「その船の入港には、まだ三日ばかり日數がありますな。では、その間にしつかり見物しときなさるがよろしいでせう」

そしてボーイに車を命じた。

スピーディな新嘉坡見物が始まつた。この市にも川が貫いて流れてゐた。私は社長に註文して、まづ二つ三つその橋々を車で渡つて貰つた。

兩岸は洋館や洋館擬《まが》ひの支那家屋の建物が塀のやうに立ち並んでゐるところが多く、ところど

ころに船が碇泊する船溜《ボート・ケイ》りが膨らんだやうに川幅を擴げてゐる。そして、漫々と湛《たた》へた水が、ゆるく蒼空を映して下流の方へ移るともなく移つて行く。たゞ輕く浮く芥屑《あくたくづ》だけは流れの足も速く、沈みがちな汚物を周《めぐ》るやうにして追ひ拔いて行く。荒く組んだ筏を操《あやつ》つて行く馬來《マレイ》の子供。やはり都の河の俤《おもかげ》を備へてゐる。

河口に近くなつてギャヴァナー橋といふのが、大して大きい橋でもないが、兩岸にゲート型の柱を二本づつ建て、それを絃の駒にして、ハープの絃のやうに、陸の土と橋欄とに綱を張り渡して、橋を吊つてゐる。何ともないやうな橋なのだが、しきりに私達の心は牽《ひ》かれる。向う岸の橋畔に榕樹《ようじゆ》の茂みが青々として、それから白い尖塔の抽《ぬき》んでてゐる背景が、橋を薄肉彫のやうに浮き出さすためであらうか。私がいつまでも車から降りて眺めてゐると、娘はそれを察したやうに、

「東京の吾妻橋とか柳橋とかに似てるからぢやありません？」と云つた。

この橋から間もなく、河口の鵜《う》の喉の膨らみのやうになつてゐる岸に、三層樓の支那の倉庫店がずらりと並び、河には木履型《ぼつくりがた》のジャンクが河身を埋めてゐる。庭の小亭のやうなものが、脚を水上にはだけてぬい〳〵立つてゐる。

「橋が好きなら、この橋のもう一つ上のさつき渡つて來た橋、あれをよく覺えときなさい。あの橋から南と北に大道路が走つてゐて、何かと基點になつてゐます。もしはぐれて迷子になつたら、あの橋詰に立つてゐなされぱよい、迎ひに行きます」社長はこんな冗談《じようだん》を云つた。

官廳街の素氣なく白々しい建物の數々。支那街の異臭、雜沓《ざつたふ》、商業街の殷賑《いんしん》、私たちはそれ等を車の窓から見た。こゝまで來る航行の途中で、上海と香港の船繋《かか》りの間に、西洋らしい都會の

景色も、支那らしい町の様子もすでに見て來た。私たちはたゞ南洋らしい景色と人間とを待ち望んだ。しかし、道で道路工事をしてゐる人々や、日除け附きの牛車を曳いてゐる人々が、どこの種族とも見受けられない、黒光りや赭《あか》黒い顔をして眼を炯《けい》々と光らせながら、半裸體で働いてゐる。軀幹《からだ》は大きいが、みな瘦《や》せて背中まで肋骨が透《す》けて見える。あはれに物凄い。またそれ等の人々の背を乘客席に並べて乘せた電車が市中を通ると、地獄車のやうに異様に見えた。その電車は床の上に何本かの柱があつて風通しのために周りの圍ひ板はなく僅かに天蓋のやうな屋根を冠つてゐるだけである。癒し難い寂しい氣持が、私の心を占める。

「こゝは新嘉坡《シンガポール》の銀座、ハイ・ストリートと云ひます」

と社長に云はれて、二つ三つの店先に寄り衣裳の流行の様子を見たり、月光石《ムーン・ストーン》の粒を手に掬《すく》つて、水のやうにさら〳〵零《こぼ》しながらも、それは單なる女の習性で、心は外に漠然としたことを考へてゐた。

「この娘を首尾好く、その男に娶《めあ》はすことが出來たとしても、それで幸福であると云へるだらうか」

けれども、さう思ふ一方にまた、私は無意識のうちに若者と娘が暫く玆に新住宅でも持つてあらうことを豫想してしきりに社長に頼むのだつた。

「こゝに住宅地のやうなものでもありますなら見物さして頂きたいのですが」

その晩、私たちをホテルまで送つて來た社長は歸り際に「さうだ、護謨《ゴム》園《えん》の生活を是非見て貰はなくちや、——一晩泊りの用意をしといて下さい」

と云つて更に、

「そりや、健康そのものですよ」

あくる朝、まづ、社長がホテルに迎へに來て、揃つてサロンで待つてゐると、大型の自動車が入つて來た。操縱席から下りたヘルメットの若い紳士を、社長は護謨園の經營主だと紹介した。

「電話でよく判らなかつたが……」

と經營主は云つてから、次に、私たちに、

「いらつしやい。鰐《わに》ぐらゐは見られます」

と氣輕に云つた。

車は町を出て、ジョホール街道を疾驅して行つた。速力計の針が六十五哩《マイル》と七十哩の間をちら〳〵すると、車全體が唸る生きものになつて、廣いアスファルトの道は面前に逆立ち、今まで眼にとまつてゐた榕樹《ようじゆ》の中の草葺きの家も、椰子《やし》林の中の足高の小屋も、樹を切り倒してゐる馬來《マレイ》人の一群も、總て綠の奔流に取り込められ、その飛沫のやうに風が皮膚に痛い。大きな齒朶《しだ》や密《みつ》竹《ちく》で裝はれてゐる丘がいくつか車の前に現はれ、後に彈んで行く。マークの附いてゐる石油タンクが亂れた列をなして、その後にじり〳〵と輾轉《てんてん》して行く。

「イギリス海軍用のタンク」

水が見える。綺麗な可愛らしい市が見える。ジョホール海峽の陸橋を渡つて、見えてゐた市の中を通つて、なほしばらく水邊に沿つて行つた處で若い紳士は車を停め、土地の名所である回教の禮拜堂を見せた。がらんとして何もない石疊と絨毯《じゆうたん》の奥まつた薄闇へ、高い窓から射し入る陽の光がステンドグラスの加減で、虹ともつかず、花明りともつかない表象の世界を幻出させてゐる。それを眺めてゐると、心が虚《うつ》ろになつて、肉體が幻の彩《いろど》りのまゝに染め上げられて仕舞ひさうな危險をほと〲感ずる。私たちは新嘉坡の市中で、芭蕉の葉で入口を飾り、その上へ極端な性的の表象を翳《かざ》してゐるヒンヅー敎の寺院を見た。それは精力的に手の込んだ建築であつた。

虚空《こくう》を頭とし、大地を五體とし、山や水は糞尿であり、風は呼吸であり、火はその體溫であり、一切の生物無生物は彼の生むところと說く、シバ神崇拜に類して精力を愛するこの原始の宗教が、コーランを左手に劍を右手に、そして、とき〲七彩の幻に靜慮する回敎に、なぜ民族の寵をば奪はれたのであらうか。そしてその回敎がなぜまた西歐の物質文化に壓へられたのであらうか。

私は取り留めもない感想に捉はれながら、娘を見ると、いよ〲不思議な娘に見える。娘はモデレートな夏の洋裝をしてゐるのだが、それは皮膚を覆ふ一重のものであつて、中身はこの回敎の寺院の中に置けば、この雰圍氣に相應《ふさは》しく、ヒンヅー敎の精力的な寺院の空氣にも相應しかつた。そればかりでなく、この地の活動寫眞館のアトラクションで見た暹羅《シャム》のあのすばらしく捌《さば》きのいゝ踊りを眺めてゐた時の彼女に、私はその踊りを習はせて、名踊子にしたい欲望さへむらむらと起つたほど、それにも相應しいものがあつた。

一體この娘は無自性なのだらうか、それとも本然のものを自覺して來ないからなのだらうか。また再び疑はねばならなくなつた。

それから凡そ七十哩《マイル》許り疾走して、全く南洋らしいジャングルや、森林の中を行くとき、私は娘に訊いた。

「どう」

「いゝですわね」

「さうねえ……こゝに一生住んで、自分のお墓を建てたいくらゐ」

さういふ娘の顏は、さしかける古い森林の深いどす青い蔭を撥《は》ね返すほど生氣に充ちてゐた。時々爆音が木靈《こだま》する。男達は意味あり氣な笑ひを泛べて、

「やつとるね」

「うん、やつとるね」

と云つた。

それは海峽の一部に出來るイギリス海軍根據地の大工事だと、社長は説明した。

道が盡きてしまつて、そこから私たちはトロッコに乘せられた。箱車を押す半裸體の馬來人は檳榔子《びんらうじ》の實を嚙んでゐて、血の色の唾をちゆつちゆつと枕木に吐いた。護謨園の事務所に着いた。

事務所は椰子林の中を切り拓《ひら》いて建てた、草葺《くさぶ》きのバンガロー風のもので、柱は脚立《きやたつ》のやうに高く、床へは階段で上つた。粘つて青臭い護謨の匂ひが、何か揮發性の花の匂ひに混つて來る。壁虎《やもり》がきち〱鳴く。氣味の悪い夜鳥の啼き聲、――夕食後私はヴェランダの欄干に凭《もた》れた。私のゐる位置のいびつに切り拓かれた圓味のある土地を椰子の林が黒く取巻いてゐる。截《き》り立つ

たやうな梢は葉を參差《しんし》してゐて、井戸の底にゐるやうな位置の私には、草忍《くさしのぶ》の生えた井の口を遥かに覗き上げてゐる趣であつた。

この狹い井の口から廣大に眺められる今宵の空の、何と色濃いことであらう。それを仰いでゐると、情熱の藍壺に面を浸し、瑠璃色《るりいろ》の接吻で苦しく脣を閉ぢられてゐるやうである。夜を一つの大きな眼とすれば、これはその見詰める瞳である。氣を取り紛《まぎら》す燦々《さんさん》たる星がなければ、永くはその凝澄《こりすま》した注視に堪へないだらう。

燦々たる星は、もはやこゝではたゞの空の星ではない。一つづつ膚に谷の刻みを持ち、ハレーションを起しつゝ、悠久に蒼海を流れ行く氷山である。そのハレーションに薄肉色のもあるし、黄薔薇色のもある。紫色が爆《は》ぜて雪白の光芒《くわうばう》を生んでゐるものもある。私は星に一々こんな意味深い色のあることを始めて見た。美しい以上のものを感じて、脊椎骨の接《つ》ぎ目〱に寒氣がするほどである。

空地の眞中から、草葺きのバンガローが切り拓かれた四方へ大ランプの燈の光を投げてゐる。その光は巻き上げた支那簾《すだれ》と共に、柱や簾に絡《から》んでゐる凌霄花《のうぜんかづら》にやゝ強く當る。欄干の下に花壇もあるらしい。百合と山樝子《さんざし》の匂ひとだけ判つて、あとは私の嗅覺に慣れない、何の花とも判らない強い藥性の匂ひが入り混つて鬱然と刺戟する。

私と社長は、その凌霄花の蔭のヴェランダで、食後の涼をいつまでも入れてゐる。娘は食後の洗物を手傳つて、それから蓄音機をかけて、若い事務員たちのダンスの相手をしてやつてゐたが、疲れた様子もなく、まだ興を逐《お》ふこの僻地に假住する青年たちのために、有り合せの毀《こは》れギターをどうやら調整して、低音で長唄の吾妻八景かなにかを弾《ひ》いて聞かしてゐる。若い經營主もその仲間に入つてゐる。

こゝへ來てからの娘の樣子は、また、私を驚かした。經營主の他、五、六人居る邦人の事務員たちは、私たちの訪問を歡迎するのに、いろ〳〵心を配つたやうだが、突然ではあり、男だけで馬來人を使つてする支度だけに、一向捗《はかど》らず、私たちの着いたとき、まだ戸惑つてゐた。それと見た娘は、

「私もお手傳ひさせて頂きますわ」

と云つたきり、私たちから離れて、すつかり事務所の男達の中に混り、野天風呂も沸せば、應接用の室を片附けて、私たち女二人のための寢室も作つた。

「森はづれから野鷄と泥龜を見附けて來たんですが、どう料理したらご馳走になるか、へばつてゐましたら、お孃さんが、すつかり指圖して教へて呉れたんで、とても上等料理が出來ました。これならラフルス・ホテルのメニューにだつてつけ出されまさ」

事務員の一人は、晩餐の食卓でかう云つた。なるほど、支那料理めいたもの、日本料理めいたもののほかに、容器は粗末だが、泥龜をタアトルス・スープに作つたものや、野鷄をカレー入りのスチューにしたものは特に味がよかつた。

「わたくしだつて、こんな野生のものを扱ふの初めてですわ。學校の割烹《かつぽう》科では、卒業生が馬來半島へ出張料理することを豫想して、教へては呉れませんでしたもの」

娘は、また、こんなことを云つて、座を取り持つた。主人側の男たちは靉靆《あいたい》として笑つた。

娘が、かういふ風に、一人で主人側との折衝を引受けて呉れるので私は助かつた。

私は私が始めてあの河沿ひの部屋を借りに行つたとき、茶絹のシャツを着、肉色の股引を穿いて、店では店の若い者に交り、河では水揚げ帳を持つて、荷夫を指揮してゐた娘を想ひ出した。そして、この捌《さば》けて男慣れのした様子は、あまりに易々としたところを見せてゐるので、私はまたこれが娘の天性であつて、私が附合ひ、私がそれに捲き込まれて骨を折つてゐる現在の事は、何だか私の感情の過剰から餘計なおせつかひをしてゐるのではないかといふ、いま〳〵しいやうな反省に見舞はれさうになつた。

事務員の青年達は、霎鬘として笑ひ、娘に満足させられてゐる様子でも、それ以上には出ないやうであつた。たつた一人、ウヰスキーに酔つた青年が、言葉の響きを娘にこすりつけるやうにして、南洋特產と噂のある媚薬《びやく》の話をしかけた。すると娘は、悪びれず聞き取つてゐて、それから例の濃い睫毛を俯目《ふしめ》にして云つた。

「ほんとにさういふ物質的のもので、精神的のものが牽制《けんせい》できるものならば、私の闘り合ひにも一人飲ませたい人間があるんでございますわ」

その言葉は、眞に自分の胸の底から出たものとも、相手の話し手に逆襲するとも、どつちにも取れる、さら〳〵した間を流れた。

そこに寂しい虛白なものが、娘の美しさを一時飲み隱した。それは、もはや二度と誰もかういふ方面に觸るゝ話をしようとするものはなくなつたほど、周圍の人間に肉感的なもの、情慾的なものの觸手を收斂《しうれん》さす作用を持つてゐた。それで、娘が再び眼を上げて華やかな顔色に戻つたとき、室内はたゞ明るく樂しいことが、事務的に捗《はかど》つて行く宴座となつた。けれども、娘は座中の奉仕を決して義務と感ずるやうな氣色《けしき》は少しも見せず、室内の空氣に積極的に同化してゐた。

中老の詩人社長は、欄干の籐椅子で、まだビールのコップを離さず、醉ひに舌舐めずりをしてゐた。

「東北風を斜めに受けながら、北流する海潮を乘り越えつゝ、今や木下君の船は刻々馬來半島の島角に近づきつゝあるのです。送るのは水平線上の南十字星、迎へるのは久戀の佳人。いゝですな。木下君は今や人間のありとあらゆる幸福を、いや全人類の青春を一人で背負つて立つてゐるやうなものです」

彼はすつかり韻文の調子で云つて、それから、彼の舊作の詩らしいものを、昔風の朗吟の仕方で謠つた。

星の海に
船は乘り出でつ
魂《たまほ》惚るゝ夜や
……………
……………
親しき息は海に通《かよ》ひ
さゝやきは胸に通ひ

社長は私が話した海の上の男と、娘との間の複雑した事情は都合よく忘れて仕舞ひ、二人の間の若い情緒的なものばかりを引抽《ひきぬ》いて、或は空想して、それに潤色し、自分の老いの氣分が固着するのを忘れ、現在の殼から一時でも逃れて瑞々《みづみづ》しい昔の青春に戻らうと努めてゐるらしいその願ひが、如何にも本能的で切實なものであるのに私の心は動かされた。朗吟も舊式だが、誇張的のまゝ素朴で嫌味はなかつた。

親しき息は海に通ひ
さゝやきは胸に通ひ――

壁虎《やもり》が鳴く、夜鳥が啼く。私にも何となく甘苦い哀愁が抽《ひ》き出されて、ふとそれがいつか知らぬ間に海の上を渡つてゐる若い店員にふら〳〵寄つて行きそうなのに氣がつくと、

「なにを馬鹿らしい。ひとの男のことなぞ」

と嘲つて呆れるのであるが、なほその想ひは果實の切口から滲《し》み出す漿液《しやうえき》のやうに、激しくなくとも、直ぐには止まらないものであつた。

何がさうその男を苦しめて、陸の生活を避けさせ、海の上ばかり漂泊さすのか。

ひよつとしたら、他に祕密な女でもあつて、それに心が斷ち切れないのではあるまいか。

或は、この世の女には需《もと》め得られないほどの女に對する欲求を、この世の女にかけてゐるのではあるまいか。

或は、生れながら人生に憂愁を持つ、ハムレット型の人物の一人なのではあるまいか。

女のよきものをまだ眞に知らない男なのではあるまいか。

かういふことを考へ廻らしてゐる間に、憐れな氣持、嫉妬らしい氣持、救つてやり度い氣持、慰めてやりたい氣持、詰《なじ》つてやり度い心持、壓し捉《とら》まへてやり度い心持が、その男に對してふい〳〵と湧き出して來て、少し胸が苦しいくらゐになる。恐らくこれは當事者の娘が考へたり感じねばならないことだらうにと私は、私の心の變態の働きに、極力用心しながら、室内の娘を見ると、いよ〳〵鮮やかに何の屈託もない樣子で、歌留多《カルタ》の札を配つてゐる。

私はふと氣がついて、

「あの女は、自分の愛の惱みをさへ、奴隷に代つてさせるといふ世にも珍らしいサルタンのやうな性質を持つてゐる女なのではあるまいか」

そして、それを知らないで、みす〳〵その精神的勞苦を引受けた自分こそ、よい笑はれものである。急に娘に對する憎しみが起つた。だが、また娘の顏を覗くと、あんまり鮮やかで屈託がなさ過ぎる。私の反感も直ぐに消えてしまふ。

「この無邪氣さには、とても敵はない」

私は氣力も脱けて、今度はしきりに朗吟の陶酔に耽《ふけ》つてゐる社長の肩を搖つて正氣に還らせ、

「これは眞面目なご相談ですが……」と、木下の新嘉坡に於ける女出入りや、その他の素行に

就いて、私はまるで私立探偵のやうに訊《き》き質《たゞ》すのであつた。

深林の夜は明け放れ、銀色の朝の肌が、鏡に吐きかけた息の曇りを除くやうに、徐々に地霧の中から光り出して來た。

一本のマングローブの下で、果《くだ》ものを主食の朝餐が進行した。レモンの汁をかけたパパイヤの果肉は、乳の香がやゝ酸敗した孩兒《みどりご》の頬に觸れるやうな、輭《やはら》かさと匂ひがあつた。指ほどの長さでまる〳〵と肥つてゐる、野生のバナナは皮を剝《は》ぐと、見る〳〵象牙《ぞうげ》色《いろ》の肌から涙のやうな露を垂した。柿の型をした紫の殼を裂《さ》くと、棉《わた》の花のやうな房が甘酸く脣に觸れるマンゴスチンも珍しかつた。

「ドリアンがあると、こつちへいらしつた記念に食べた果《くだ》ものになるのですがね。生憎と今は季節の間になつてゐるので……。僕等には妙な匂ひで、それほどとも思ひませんが、土人たちは所謂女房を質に置いても喰ふといふ、何か蠱惑的《こわくてき》なものがあるんですね」若い經營主は云つた。

「南洋の果《くだ》ものには、ドリアンばかりでなく、何か果もの以上に蠱惑的なものがあるらしいです。ご婦人方の前で、さう云つちや何ですが、僕等だとて獨身でこんなとこへ來て、いろ〳〵煩惱も起ります。けれどもさういふものの起つたとき、無暗にこれ等の豐饒《ほうぜう》な果ものにかぶりつくのです。暴戻《ほうれい》にかぶりつくのです。すると、いつの間にか慰められてゐます。だから手許に果ものは絶やさないのです」

若い經營主は、紫色の花だけ眼のやうに涼しく開けて、葉はまだ閉ぢて眠つてゐるポインシヤナの叢を靴の底でいぢらしさうに擦りながら、から云つた。

娘は、今朝も事務員に混つていろ〳〵手傳つてゐたが、何となくそは〳〵してゐた。そして、話にばつを合せるやうに、私には嫌味に思へる程、きら〳〵した作り笑ひの聲を擧げた。しかし、若い經營主が、かう云ふにつれ、他の若い男たちも悵然《ちやうぜん》とした様子をみて、娘は心から同情する氣持を顏に現はした。

「僕の慰めは酒と子供だな」と社長は云つた。

彼は今朝もビールを飲んでゐた。

「君にもまだ慰めなくちやならない煩惱があるのかね」と若い經營主は云つた。「そんなにチッテ族の酋長《しうちやう》のやうな南洋色になつても」

社長は、「ある――大いにある」と吸鳴つたが、誰も醉の上の氣焔と思つて相手にしない。社長は口を噤《つぐ》んで仕舞つた。

逆巻く濤《なみ》のやうに、梢や枝葉を空に振り亂して荒れ狂つてゐる原始林の中を整頓して、護謨《ゴム》の植林がある。青臭い厚ぼつたいゴムの匂ひがする。白紫色に華やぎ始めた朝の光線が當つて、閃《ひらめ》く樹皮は螺旋狀《らせんじやう》の溝に傷つけられ、溝の終りの口は小壺を銜《くは》へて樹液を落してゐる。揃つて育兒院の子供等が、朝の含嗽《うがひ》をさせられてゐるやうでもある。馬來人や支那人が働いてゐる。

「僕等は正規の計畫の外、鄕愁が起る每に、この土に護謨の苗木を、特に一列一列植ゑるのです。妄念《まうねん》を深く土中に埋めるのです」

その苗木の列には、或は銀座通とか、日比谷とか、或は植ゑ主の生地でもあらうか、福岡縣——郡——村とか書いた建札がしてあつた。

若い經營主は、努めて何氣なく云ふのだが、娘は堪《たま》らなさうに、涙をぽた〳〵と零《こぼ》して、急いでハンケチを出した。

中老の社長は、かういふ普通の感傷を珍らしいやうに眺め、私に云つた。

「どうです。あなた方も、記念に一本づつ植ゑて行つては」

護謨園の中を通つてゐる水渠《すゐきよ》から丸木船を出して、一つの川へ出た。ジョホール河の支流の一つだといふ。大きな齒朶《しだ》とか蔓草で暗い洞陰を作つてゐる河岸から少し分れて、流れの中に岩石がある。

「あすこによく鰐《わに》の奴が、背中を干してゐるのだが、……」と事務員の一人が指さしたが、そのすぐあと、艫《とも》の方にゐた事務員が云つた。

「こつちこつち、あすこにゐます」

濁つた流れの中に、黑つぽいものが、渦を水に曳いて動くのが見えた。また、その周圍にそれも生きものが泳ぐのかと思はれるほどの微《かす》かな小さい渦が見える。

「は、は、は、子供を連れとる」

私の氣持はといふと、この原始の自然があまりに、私たちの自然と感じ慣れてゐるものより差異があり、この現實が却つて、百貨店の催しものの、造り庭のやうに見え、この南洋風景圖の背景の前に、鰐がゐるのは當然の趣向に見え、もう少し脅《おび》えたい氣持をさへ自分に促《うなが》した。鰐に向ける銃聲の方が本當の鰐に對するより却つて私たちを驚かした。鰐は影を沒した。

「鐵砲の音は痛快ね」と娘は云つて、しきりに當もなく發砲して貰つた。

「あなた方内地の女性に向つて、ふだん考へ溜めてゐたことを、話し出せさうな緒口《いとぐち》が見つかつたやうになつて、お訣《わか》れするのは惜しいものです」と若い經營主は云つた。

私も、「かういふ本當の自然と、それを切り拓いて行く人間の仕事に就いて、漸く眼が開きかゝつて來たのに、お訣《わか》れするのは、まつたく惜しい氣が致します」と云つた。

娘は俯向《うつむ》いて、型のやうにちよつと無名指《くすりゆび》の背の節で眼を押へた。その仕草が、日本女性のかういふ場合にとる普通の型のやうに見え乍ら、私はやはりこの異境にまで男を尋ねて來た娘が何かと感傷的になつてゐる證據にも見た。

私たちはジョホール河のベンゲラン岬から、馬來人が舵《かぢ》を執り、乘客も土人ばかりのあやしいまで老い朽《く》ちた發動機船に乘つた。

「腰かけたまはりには、さつき上げといた蚤取粉《のみとりこ》を撒《ま》くんですよ。さうしないと蟲に食はれますよ」見送りの事務員の勞《いたは》つた聲が棧橋から響いた。娘はポケットを押へてみて、窓からお叩頭《じぎ》をした。

怠惰なエンヂンの音が聞えて、機船は河心へ出た。河と云ひながら、大幅な兩岸は遠く水平線に退いて、照りつける陽の下に林影だけ一抹《まつ》の金の塗粉のやうになつて見えた。それが水天一枚の瑠璃色《るりいろ》の面でしば〳〵斷ち切られて、だん〳〵淡く、蜃氣樓《しんきろう》の島のやうに中空に映り霞んで行く。たゆげな翼を伸ばした鳥が、水に落ちようとしてたゆたつてゐる。

晝前に新嘉坡《シンガポール》の郊外のカトン岬の小さな棧橋についた。娘の待つ男の船は、今夜か明朝、新港に着く豫定であつた。

「まだ時間は大丈夫だ。ゆつくりして行きませう。この邊もチャンギーと云つて、新嘉坡の名所の一つで、どうせ來なくちやならないところだ」社長はさう云つて、海の淺瀨に差し出してある清凉亭といふ草葺き屋根の日本人經營の料亭へ私たちを連れて行き、すぐ上衣を脱いだ。

「まあいゝ所ね」

私も娘も悦んだ。この邊の砂は眩《まばゆ》いくらゐ白く、椰子の密林の列端は裾《すそ》を端折つたやうに海の中に入つてゐる。

亭の前の崖下は生洲《いけす》になつてゐて竹笠を冠つた邦人の客が五、六人釣をしてゐる。

汐時のすこし濕つぽい疊の小座敷で、社長は無事見學祝ひだとか、何とか云つては日本酒の盃を擧げてゐる。海の匂ひと酒の匂ひが、自分たちの遠い旅をほの〴〵と懷しませる。私は生洲から上げたばかりといふ生け鱸《すゞき》の吸ひものの椀《わん》を取り上げて、長汀曲浦《ちやうていきよくほ》にひた〳〵と水量を寄せながら、濱の椰子林をそのまゝ投影させて、よろけ縞のやうに搖らめかし、その遙かの末に新嘉坡の白堊の塔と高樓と煤煙を望ましてゐる海の景色に眼を慰めてゐた。だが、心はまだ頻りに、今朝ジョホール河の枝川の一つで、銃聲に驚いて見張つた私達の瞳孔に映つた原始林の嚴《おごそ》かさと純粹さを想ひ起してゐた。それはひどく心を直接に衝《う》つた。何か人間にその因習生活を邪魔なものに思はせ、それを脱ぎ捨て度い切ない氣持にさせた。そしてその原始の自然に食ひ込んで生活を立てて行く仕事が、何の種類であれ、人間の生きる姿の單一に近いものであるやうに考へさせられた。始終自然から享ける直接の豐饒な直觀にも浸れもしよう。

「二萬圓の護謨園をお買ひになれば、年々その收益で、こつちへ休暇旅行が出來ますね。どうです」

座興的であつたが、若い經營園主がゆうべ護謨園で話の序《ついで》にかういふことを云つたのも想ひ出された。

私の肉體は盛り出した暑さに茹《ゆだ》るにつれ、心はひたすら、あのうねる樹幹の鬱蒼の下に粗《あら》い歯朶の清涼な葉が針立つてゐる幻影に浸り入つてゐた。

そのとき娘が「あら！」と云つて、椀を下に置いた。そして、

「まあ、木下さんが」と云つて眼を瞠《みは》つて膝を立てた。

小座敷から斜めに距てて、木柵の內側の床を四角に切り拔いて、そこにも小さな生洲《いけす》がある。遊客の慰みに釣をすることも出來るやうになつてゐる。

いま、その釣堀から離れて、家屋の方へ近寄つて來る、釣竿を手にした若い逞《たく》ましい男が、娘の瞳の對象になつてゐる。白いノーネクタイのシャツを着て、パナマ帽を冠つたその男も氣がついたらしく、そのがつしりした顔にやゝ苦み走つた微笑を泛《うか》べながら、寛《ゆる》やかに足を運んで來た。男は座敷の縁で靴を脫いだ。

「これは〳〵、船が早く着いたのかい」

社長も、びつくりして少し乘り出して云つた。

「けさ方早く着いちやつてね。早速、ホテルと君の事務所へ電話をかけてみたが、出てゐるといふので、退屈凌《しの》ぎにこゝへ晝寢する積りで來てたんだが……ひよつとするとこゝへ廻るかも知れないとも思つた。なにしろ新嘉坡へ來る内地の客の見物場所はきまつてゐるから」と云つて男は朗かに笑つた。

私は男がこの座敷へ近寄つて來る僅か分秒の間に、男の方はちらりと一目見ただけで、娘の態度に眼が離せなかつた。

彼女は男が、娘や私たちを認めて、歩を運び出した刹那に、「あたし――」と云つて、かなりあらはに體を慄《ふる》はして、私の肩に摑《つか》まつた。その摑まり方は、彼女の指先が私の肩の肉に食ひ込んで痛い位だつた。ふだん長い睫《まつげ》毛をかむつて煙つてゐる彼女の眼は、切れ目一ぱいに裂け擴がり、白眼の中央に取り殘された瞳は、異常なショックで凝《こ》つたまゝ、ぴり〳〵顫動《せんどう》してゐた。口も眼のやうに竪《たて》に開いてゐた。小鼻も喘《あへ》いで膨らみ、濃い眉と眉の間の肉を冠る皮膚がしきりに隆《たか》まり歪《ゆが》められ、彼女に堪へ切れないほどの感情が、心内に相衝撃するもののやうに見えた。二、三度、陣痛のやうにうねりの慄へが強く彼女の指先から私の肩の肉に嚙み込まれ、同時に、彼女から放射する電氣のやうなものを私は感じた。私は彼女が氣が狂つたのではないかと、怖れながら肩の痛さに堪へて、彼女の氣色《けしき》を窺《うかが》つた。自分でも氣がつくくらゐ、私の脣も慄へてゐた。

男は席につくと、私に簡單に挨拶した。

「木下です。今度は思ひがけないご厄介をかけまして」と頭を下げた。

それから社長に向つて、

「いや、あなたにもどうも……」これは微笑しながら云つた。

娘は座席に坐り直して、ちよつとハンケチで眼を押へたが、もうそのときは何ともなく笑つてゐる。始めて男は娘に口を切つた。

「どうかしましたか」

それは決して慘《むご》いとか冷淡とかいふ聲の響きではなかつた。

「いゝえ、あたし、あんまり突然なのでびつくりしたものだから……」そして私の方を振り向いて、「でも、すべて、こちらがゐて下さるものですから」と自分の照れかくしをし乍ら私に愛想をした。

娘は直きに悪びれずに男の顔をなつかしさうにまともに見はじめた。だが何氣ないその笑ひ顔の頰にしきりに涙が溢れ出す。娘はそれをハンケチで拭ひ拭ひ男の顔から目を離さない――男もいぢらしさうに、娘の眼を柔かく見返してゐた。

社長もすべての疎通を快く感ずるらしく、

「これで顔が揃つた。まあ祝盃として一つ」

などとはしやいだ。

私はふと氣がつくと、娘と男から離れて、獨り取り殘された氣持がした。こちらから望んで世話に乘り出したくらゐだから、利用されたといふやうなあくどく僻《ひが》んだ氣持はしないまでも、たゞわけもなく寂しい感じが沁々《しみ〴〵》と襲つた。――この美しい娘はもう私に頼る必要はなくなつた。――しかし、私はどんな感情が起つて不意に私を妨げるにしても自分の引受けた若い二人に對す

る仕事だけは捗《はかど》らせなくてはならないのである。私は男に、

「それで、結婚のお話は」

ともう判り切つて仕舞つたことを形式的に切り出した。すると男はちよつとお叩頭《じぎ》して、

「いや、私の考へがきまりさへしたら、それでよろしいんでございませう。いろ〳〵お世話をかけて申譯ありません」と云つた。

娘は私に向つて、同じく頭を下げて濟まないやうな顔をした。

もはや、完全に私は私の役目を果した。二人の間に私の挾《さしはさ》まる餘地も必要もないのをはつきり自覺した。すると私は早く日本の叔母の許へ歸り、また、物語を書き繼ぐ忍從の生活に親しみ度い心のコースが自然私に向いて來た。

私たちからは內地の話や、男からは南洋の諸國の話が、單なる座談として交はされた。社長は別室へ醉後の晝寢をしに行つた。

この土地常例の驟雨《スコール》があつて後、夕方間近くなつて、男は私だけに向つて、

「ちよつとその邊を散步しませう。お話もありますから」と云つた。

私は娘の顔を見た。娘は「どうぞ」と會釋した。そこで私は男に連立つて出た。雨後すぐに眞白に冴えて、夕陽に瑩光《えいくわう》を放つてゐる椰子林の砂濱に出た。

スコールは右手の西南に去つて、市街の出岬《できき》の彼方の海に、まだいくらか暗沫《あんまつ》の影を殘してゐる。男はその方を指して、「こつちはスマトラ」それからその反對の東南方を指して、「こつちはボルネオ」それから眞正面の青磁色《せいじいろ》の水平線に、若い生姜《しやうが》の根ほどの雲の峯を、夕の名殘りに再

び擴げてゐる方を指して、「ずーつと、この奥に爪哇《ジャワ》があります。みな僕の船の行くところです」

彼は一本の椰子の樹の梢を見上げて、その雫《しづく》の落ちない根元の砂上に竹笠を裏返しに置き、更にハンケチをその上に敷き、

「まあ、この上に腰をおろして頂きませうか」

そして彼は卷莨《まきたばこ》を取り出して、徐《おもむ》ろに喫《す》つてゐたが、やがて、私から少し離れて腰をおろして口を切り出した。海を放浪する男にしては珍らしく律儀な處のある性質も、次のやうな男の話で知られるのであつた。

「お手紙で、あの娘と僕とにどうしても斷ちきれない絆《きづな》があることは判りました。實はその絆が僕自身にも強く絡《まつ》はつてゐるのがはつきり判つたのでございます。それを御承知置き願つて、これから僕の話すことを聞いて戴き度いのです。でないと、僕がこゝへ來て急に結婚に纏まるのが、單なる氣紛れのやうに當りますから」

彼は、私が大體それを諒解できても、直ぐさま承認出來ないで、默つてゐるのを見て取つてから云つた。

「僕と許婚も同樣なあれと僕との間柄を、なぜ僕がいろ〳〵迷つて來たか、なぜ時には突き放さうとまでしたか、この理由があなたにお判りになつていらつしやらないかも知れませんが……いやあなたばかりではない、あれにもまだ判つてゐない……」

彼はしまひを獨言にして一番肺の底に殘して置いたやうな溜息をした。私は娘の身の上を心配するについての曾ての苛立《いらだ》たしい氣持に、再び取りつかれてついから云つてしまつた。

「多分あなただけのお氣持でせう、そんなこと、私たちには判らなかつたからこそ、あの娘さんは死ぬやうな苦しみもし、何のゆかりも無い私のやうなものまで、おせつかひに飛び出さなくてはならない羽目に陥つて仕舞つたのですわ」

私の語氣には顔色と共にかなり険《けは》しいものがあつたらしい。すると、彼は突き立ててゐる膝と膝との間で、両手の指を神經質に編み合せながら、首を擡《もた》げた。

「ご尤もです。しかし僕自身の氣持が、僕にはつきり判つたのも、矢張りあなたが仲に入られたお蔭なんです。その前まではたゞ何となくあの娘は好きだが、あの娘も女だ。あの娘も女だといふ事が氣に入らない。ぼんやりこの二つの間を僕は何百遍となく引きずり廻されてゐました。僕とて永い苦しい年月でした。ま、とにかく、僕の身の上話を一應聞いて下さい。第一に僕の人生の出發點からして、捨子といふ、悲運なハンディキャップがついてゐるんです」

彼の語り出した身の上話とは次のやうなものであつた。

東京の日本橋から外濠の方へ二つ目の橋で、そこはもはや日本橋川が外濠に接してゐる三叉《さんさ》の地點に、一石橋《いちこくばし》がある。橋の南詰の西側に錆び朽《く》ちた、「迷子のしるべの石」がある。安政時代、地震や饑饉《ききん》で迷子が夥《おびたゞ》しく殖えたため、その頃あの界隈《かいわい》の町名主《まちなぬし》等が建てたものであるが、明治以來殆ど土地の人にも忘れられてゐた。

ところが、明治も末に近いある秋、このしるべの石の傍に珍らしく捨子がしてあつた。二つぐらゐの可愛らしい男の子で、それが木下であつた。

その時分、娘の家の堺屋《さかひや》は橋の近くの西河岸に住宅があつたので、子のない堺屋の夫妻は、この子を引き取つて育てた。それから三年して、この子が五つになつた時分に、近所に女中をしてゐた女が堺屋に現はれて、子供の母だと名乘り出た。彼女は前非を悔い、不實を詫びたので、堺屋ではこの母をも共に引き取つた。

母は夫と共に日露戰役後の世間の好景氣につれ、東京の下町で夫婦共稼ぎの一旗上げるつもりで上京して來た。さういふ夫婦の例にまゝあるとほり無理算段をして出て來た近縣の衰へた豪家の夫妻で、忽ち失敗した上、夫は病死し、妻は、今更故鄕へも歸れず、子を捨てて、自分は投身しようとしたが、子のことが氣にかゝり、望みを果さなかつた。そして西河岸の同じ町内に女中奉公をして、蔭ながら子供の樣子を見守つてゐたのだつた。

堺屋では、男の兒の母を家政婦みたやうに使ふことになつた。母は忠實によく勤めた。が、子供のことに係はると、堺屋の妻とこの母との間に激しい爭ひは絕えなかつた。

一度捨てたものを拾つて育てたのだから、この子はわしのものだと堺屋の妻は云つた。一度は捨てたが、この子のために死に切れず、死ぬより辛い恥を忍んで、世間へ名乘り出ることとさへした位だから、この子はもとより自分のものだと、木下の母は云つた。

「よく考へて見れば、僕にとつては有難いことなのでせうが、僕は物心ついてから、女のこの激しい爭ひに、ほと〳〵神經を使ひ枯らし、僕の知る人生はたゞ醜い暗いものばかりでした」

生憎なことに、木下は生みの母より、堺屋の妻の方が多少好きであつた。

「堺屋のおふくろさんは、强情一徹ですが、まださつぱりしたところがありました。が、僕を自分ばかりの子にして仕舞ひたかつた氣持には、自分に男の子がないため、是非欲しいといふ料簡以外に、堺屋の父親が僕をとても愛してゐるので、それから延《ひ》いて、僕の生みの母親をも愛しはしないかといふ心配も幾らかあつたらしいのです。かういう氣持も混つた僕への愛から、堺屋のおふくろは、しまひには僕だけ自分の手許にとゞめて、母だけ追ひ出さうとしきりに焦《あせ》つたのです。それでも堺屋の母はたゞ僕の母に表向きの難癖をつけたり、失敗を言ひ募つたりする、まだ單純なものでした」

ところが、木下の生みの母はなか〳〵手のある女だつた。

「一度かういふことがありました。堺屋のおふくろが、僕に缺餅《かきもち》を燒いて呉れてゐたんです。その側には僕の生みの母親もゐました。堺屋のおふくろは、燒いた缺餅を普通に砂糖醤油につけて僕に與へました。すると僕の母はそれを見て、そつとその缺餅を箸で摘み取り、ぬるま湯で洗つて改めて、生醤油《きじやうゆ》をつけて、僕に與へました。僕は子供のうちから生醤油をつけた缺餅が好きだつたのです」

しかし、いくら子供の好みがさうだからと云つて、堺屋のおふくろに面當《つらあ》てがましく、缺餅を目の前で洗ひ直さないでもよささうだと木下は思つた。その上子供の木下に向つて、缺餅を與へながら、一種の手柄顔と、媚《こ》びと歡心を求める造り笑ひは、木下に嫌厭《けんえん》を催させた。堺屋のおふくろは箸を投げ捨て、怒つて立つて行つた。

「また、かういふことがありました。僕が尋常小學に入つた時分でした。その夜は堺屋で恵比《えび》須講《すかう》か何かあつて、徹夜の宴會ですから、母親は店へ泊つて來る筈です。ところが夜の明け方まへになつて、提灯をつけて歸つて來ました。そして眼を覺ました僕の枕元に坐つて、さめ〴〵と泣くのです。堺屋のお内儀《かみ》さんに滿座の中で恥をかゝされて、居たたまれなかつたと云ひます」

これも後で訊《たゞ》ね合せて見ると、母親の術《て》であるらしく、ほんのちよつとした口叱言《くちこごと》を種に、子供の同情を牽《ひ》かんための手段であつた。

「何でも下へ下へと搔い潛つて、子供の心を握つて自分に引き附けようとするこの母親の術には、實に參りました。子供の心は、さういふものには堪へられるものではありません。僕は元來さう頭は惡くない積りですが、この時分は痴呆症《ちはうしやう》のやうになつて、學校も假及第ばかりしてゐました」

木下が九つの時に堺屋の妻は、女の子を生んだ。それが今の娘である。しかし、堺屋の妻は、折角樂しんでゐた子供が女であることやら、木下の生みの母との爭奪戰最中の關係からか、娘の出生をあまり悦びもせず、やはり愛は男の子の木下に牽《ひ》かれてゐた。木下の母親は、「自分に實子が出來た癖に、まだ、人の子を附け狙つてゐる。强慾な女」と罵つた。

ところが、晩產のため、堺屋の妻は兎角病氣がちで、娘出生の後一年にもならないうちに死んで仕舞つた。

その最後の病床で、堺屋の妻は、木下の小さい體を確《しつか》り抱き締めて、「この子供はどうしてもあたしの子」とぜい〳〵いつて叫んだ。すると生みの母親は冷淡に、「いけませんよ」と云つて、その手から木下を挽《も》ぎ去つた。堺屋の主人は始め不快に思つた、が生みの母のすることだから誰も苦情は云へなかつた。

すると堺屋の妻は、木下の母親には、今まで決して見せなかつた涙を、死の間近になつた顔にぽろ〳〵と零《おと》して、「なる程考へて見ると、今までは私が悪かつた。謝《あやま》るから、どうかこのことだけは一つ自分の遺言だと思つて、聴き容れて貰ひ度い」と云つて、次のことを申し出た。つまり自分の生んだ女の子が育つて年頃になつたなら必ず木下と娶《めあ》はして欲しいといふのであつた。木下の母親もそれまでは斷る元氣もなく、しぶ〳〵承知の旨を肯《うなづ》いて見せた。すると堺屋の妻はまだ本當には安心し切らないやうな樣子で半眼を開いて、ぢつと母と僕と娘の顏を見較べながらやがて死んだ。木下の母親は堺屋の妻の死後までその時の樣子を憎んでゐた。

娘は乳母を雇つて育てられた。木下の母親は自然主婦のやうな位置に立つて、家事を引受けてゐたが、不思議な事には喧嘩相手の無くなつたことに何となく力拔けのした具合で床につきがちになり、それから四年目の、木下が十三歳、娘が五つの年に腹膜炎で死んだ。

そのとき木下の母親の遺言はかうであつた。

「こゝの家のお内儀さんとの約束だから、息子にお孃さんを貰ふことは承知するが、息子をこの家の養子にやることはどうしても嫌です。なにしろこの息子は木下家の一粒種なのだから……」

母親はふだんから、世が世ならば、こんな素町人の家の娘をうちの息子になぞ權柄《けんぺい》づくで貰はせられることなぞありはしない。資産から云つたつて、木下家の郷里の持ちものは、人に奪られさへしなければ、こんな家とは格段の相違があるのだと云つてゐた。

娘は乳母に養はれ父親だけで何も知らずに育ち、木下は店から通つて、中學から高等學校に上つて行つた。

「嫌なものですよ。幼な心に染み込んだ女同士の爭ひといふものは、仲に入つてゐるのが子供で何も判るまいと思ふだけに、女たちはあらゆる女の醜さをさらけ出して爭ひます。それはずーつといつまでも人間の心に染みついて殘ります。僕は堺屋のおふくろが臨終に最後の力を出して、僕を母親から奪はうとしたときの、死にもの狂ひの力と、肉親を强味に冷やかに僕を死ぬ女の手から捥《も》ぎ取つた母親の樣子を、今でもあり〳〵と思ひ浮べることが出來ます」

それは嫌だと同時に、またどうしても憎み切れないものがある。家といふものを護らせられるやうに出來てゐる女の本能、老後の賴りを想ふ女の本能、さういふものが後先の力となつて、自分で生むと生まないとに拘らず、女が男の子といふものに對する魅着は、第一義的の力であるのであらう。

「さういつちや何ですが、僕は子供のときはおつとりして器量もなか〳〵よく、つまり、一般の母性に戀ひつかれるやうに出來た子供だつたらしいのです」

木下は苦笑しながら云つた。

娘は片親でも鷹揚《おうやう》に美しく育つて行つた。いつの間に聞き込んだか、木下と許婚の間柄だと知つて、木下を疑はず賴りに思ひ込んでゐる。ところが女の爲に女を見る目を僻《ひが》ませられて仕舞つた若い頃の木下には、娘がやさしくなつかしさうにする場合には、例の母親がした媚びて歡心を得る狡《ずる》い手段ではないかと、すぐそれに對する感情の出口に蓋《ふた》をする氣持になり、娘が無邪氣に開けて向つてくるときは、堺屋のおふくろがした女の氣儘獨斷を振り翳《かざ》して來るのではないかと思つて、また感情に蓋をする。

「今考へて見れば、僕は僻《ひが》みながらも僕の心の底では娘が可哀想で、いぢらしくてならなかつたのです」

「僕はこの二重の矛盾に堪へ切れないで、娘に辛く當つたり、娘をはぐらかして見たり、輕蔑してみたり、あらゆるいぢけた情熱の吐き方をしたものです。さうしたあとでは、無垢な、か弱いものを殘忍に蹂《ふ》み躪《にじ》つた悔が、ひしひしと身を攻めて來て、もしやこのことのために娘の性情が壞れて仕舞つたら、どうしたらいゝだらう……」

彼が學問で身を立てるつもりで堺屋の主人に賴んで、段々と上の學校へ上げて貰はうとしたのは、學問の純粹性が沁《し》み込んで、それによつて世の中を見るやうになれば、女の持つ技巧や歪曲《わいきょく》の世界から脱れようかとも思つたからである。ところが、彼が青年になり、青春の血が動くやうになるほど、娘のことを考へ、この自分の矛盾に襲はれ、結局しどろもどろになつて、落着いて學問なぞしてゐられず、娘を愛しながら、娘の傍にはゐたたまれなくなつて來た。さうかといつて、他の女はもつと女臭いものがより多くあるやうな氣がして、女がふつふつ嫌であつた。

たうとう彼は二十一の歳に高等學校をやめて、船に乘り込んで仕舞つた。

娘は何も知らずに、木下がやさしい性情が好きなのだと思ひ取つては、そのやうにならうと試み、木下がさつぱりした性格を好むと思ひ取つては、男のやうになつて働きもした。木下は迷つてすることだが、娘はたゞ懸命につき從はうと心を碎いた。

「結局あの娘の持ち前の性格をくたくたに突き崩して、匂ひのないたゞ美しい造花のやうにしてしまつたのは、僕の無言の折檻《せつかん》にあるのでせう。それとも女といふものは、絆《きづな》のある男なら、誰に對しても遂にさうなる運命の生物なのでせうか」

青年の木下は、それを憐れみながら、いよ〳〵愛する娘を持て剩《あま》した。

「けれども、海は、殊に、南洋の海は……」と木下は言葉を繼いだ。「海は、南洋の海は……」現實を夢にし、夢を現實にして吳れる、神變不思議の力を持つてゐる。むかし印度の哲學詩人たちが、こゝには龍宮といふものがあつて、陸上で生命が屈託するときに、しばらく生命はこゝに匿《かく》れて時期を待つのだといつた思想などは、南の海洋に朝夕を送つてみたものでなければ、よく判らないのである。こゝへ來ると、生命の外殼の觀念的なものが取れて、浪漫性の美と匂ひをつけ、人間の嗜《たしな》みに好もしい姿となつて、再び立ち上つて來るとかいふのである。

「あなたは東洋の哲學をおやりだといふ話を、あれの手紙で知りましたが、それなら既にお氣附きでせう。およそ大乘と名附けられる、つまり人間性を積極的に是認した佛敎經典等には、かなりその龍宮に匿れてゐたのを取り出して來たという傳說が附きものになつてゐませう。その龍宮を、或は錫蘭島《セイロンたう》だといひ、いや、架空の表現なのだとか、いろ〳〵議論がありますものの、大體北方の哲學の胚種《はいしゆ》が、後世文化の發達した、これ等南の海洋の氣を受けた土地に出て來て、伸び〳〵と芽を吹き、再生產されたことは推測されませう」

木下はなほ南洋の海に就いて語り續ける。遠い水は瑠璃色《るりいろ》にのして、表面はにこ毛が密生してゐるやうに白つぽくさへ見える。近くに寄せる浪のうねりは琅玕《らうかん》の練りもののやうに、悠揚《いうやう》と伸び上つて來ては、そこで青葉の丘のやうなポーズをしばらく取り、容易には崩れない。浪間と浪の陰に當るところは、金砂を混ぜた緑礬液《りよくばんえき》のやうに、毒と思へるほど濃く凝《こ》つて、しかもきらきらと陽光を漉《す》き込んでゐる。片帆の力を借りながら、テンポの正規的な汽罐の音を響かせて、木下の乘る三千噸の船はこの何とも知れない廣大な一鉢の水の上を、無窮に浮き進んで行く。舳《へさき》の斜めの行手に浪から立ち騰《のぼ》つてホースの雨のやうに、飛魚《とびうを》の群が虹のやうな色彩に閃《ひらめ》いて、繰り返し海へ注ぎ落ちる。垣のやうに水平線をぐるりと取り巻いて、立ち騰つてはいつか潰《つひ》える雲の峯の、左手に出た形と同じものが、右手に現はれたと思ふと、元のものはすでに形を變へてゐる。

積荷の鹽魚のにほひの間から、ふとすると、寒天や小豆粉《あづきこ》のかすかなにほひがする。陸地に近づくと大きな蝶《てふ》が二つ海の上を渡つて來る。

「この絢爛《けんらん》な退屈を何十度となく繰り返してゐるうち、僕はいつの間にか、娘のことを考へれば、何となく微笑が泛《うか》べられるやうに悠揚とした氣になつて來ました」娘のすることなすことを想像すると、いたいけな氣がして、たゞ、ほろりとする感じに浸れるだけに彼はなつて來た。で、今まで嫌だと感じる理由になつてゐた、女嫌ひの原因になるものは、どうなつたかといふと、彼の胸の片隅の方に押し附けられて、たいして邪魔にもならなくなつて來た。いつの間にか人をかうした心狀に導くのが南の海の德性だらうか。

男はこゝまで語つて眉頭を衝き上げ、ちよつと剽輕《へうきん》な表情を泛べて、私の顏を見た。

「そこへあなたのご周旋だつたので、ありがたくお骨折りを受け容れた次第です」

こゝで私は更に男に訊ねて見なければ承知出來なかつた。

「さういふことなら、なぜ娘さんにその氣持の徑路を早く云つて聞かさないで、こんな處で私一人に今更打ち明けるのです」

「ははあ」と云つて男は瞑目《めいもく》してゐたが、やがて尤《もつと》もといふ樣子で云つた。

「今までの話は、僕はあなたにお目にかゝつてどうしても聞いて戴き度くなつたのですが、これをあの娘に直接話したら……」

だん〳〵判つて來たのだが、元來あの娘には、さういつた女臭いところが比較的少ない。都會の始終刺戟に曝されてゐる下町の女の中には、時々あゝいふ女の性格がある。だが若しそんな話をして、いくらかでも、却つて母親達のやうな女臭さをあの娘に植ゑつけはしないだらうか。今はあんな娘であるにしても根が女のことだから、今は聞き流してゐても、それを潛在意識に貯へて、いつ同じ女の根性になつて來ないものでも無い……そんな怖れからこれは娘には一切聞かせずに、いつそのことお世話序《ついで》にあなたにだけ聞いて戴かうと思つた。世の中の男のなかにはかういふ惱みを持つものもあるものだと、了解して戴き度い……と男の口調や態度には律儀《りちぎ》ななかに頼母しい才氣が閃くのだつた。

陽は殆ど椰子林に沒して、醉ひ痴《し》れた晝の灼熱から醒め際の冷水のやうな澄みかゝるものを湛へた南洋特有の明媚《めいび》な黄昏《たそがれ》の氣配が、あたりを籠《こ》めて來た。

さき程から左手の方に當つてカトン岬《みさき》見物の客を相手に、椰子の木に上つては、椰子の實を採つて來て、若干の錢を貰つてゐた土人の子供の猿《ましら》のやうな影も、西洋人のラッパのやうな笑聲も無くなつた。さゞ波が星を呼び出すやうに、海一面に角立つてゐる。

私はこの眞摯《しんし》な青年の私に對する信頼に對して、もはや充分了解が出來ても、何か一言詰《なじ》らないではゐられないやゝ皮肉らしい氣持で云つた。

「あの娘さんも隨分私にご自分の荷をかづけなさいましたが、あなたも最後の捨荷《すてに》を私にかづけなさいますのね」

さう云ひながら、私は少し聲を立てて笑つた。それは必ずしも不平でないことを示した。

男はちよつとどぎまぎして、私の顏を見たが、必ずしも私が不平ではない樣子を見て取つて、自分も笑ひながら、

「やあ御迷惑をかけたもんですなあ……でも、さういふ役目も文學をやる方の天職ぢやないのですか。何でもさういふ人間の惱みを原料として、いつかそれを見事に再生產なさることが……」

「さあどうですか……それもかなりあなたの蟲の好い解釋ぢやありませんか……」

私はまだこんな皮肉めいたことを云ひ乍らも、もはや完全にこの若者に好感を感じて言葉の末を笑ひ聲に寬《くつろ》がした。

「やあ、どうも濟みませんですなあ……ははは」

男も充分に私の心意を感じてゐた。

「この廣々とした海を見てゐると、人間同士そのくらゐな精神の負擔の融通《ゆうづう》はつきさうに思へますわ」

私は最後に誰に云ふともなく自分ながらをかしい程賴母《たのも》しげな言葉を吐いた。

さつきからこまかい蟲の集まりのやうに蠢《うご》めいてゐた、新嘉坡《シンガポール》の町の灯がだん〳〵生き〳〵と

煌《きら》めき出した。日本料理店清涼亭の灯も明るみ出した。

話し疲れた二人は暫く默つてゐた。

波打際をゆつくりと歩いて來る娘と社長の姿が見えた。螢の火が一すぢ椰子の並木の中から流れて來た。娘は手に持つてゐた團扇《うちは》をさし上げた。螢の光はそれにちよつと絡《から》まつたが、低く外れて海の上を渡り、また高く上つて、星影に紛《まぎ》れ込んで見えなくなつた。


私はいま再び東京日本橋箱崎川の水に沿つた堺屋のもとの私の部屋にゐる。日本の冬も去つて、三月は春ながらまだ底冷えが殘つてゐる。河には船が相變らず頻繁《ひんはん》に通り、向う河岸の稻荷の社には玩具の鐵兜を冠つた可愛ゆい子供たちが戰さごつこをしてゐる。

その後の經過を述べるとかうである。

私は遮二無二新嘉坡《シンガポール》から一人で內地へ歸つて來た。旅先での簡單な結婚式にもせよ、それを濟ましたあとの娘を、直ぐに木下に託するのが本筋であると思つたからである。陸に住まうが、海に行かうが、しばらくも離れずにゐることが、この際二人に最も必要である。場合によつてはと考へて、初めから娘の旅券には暹羅《シャム》、安南、ボルネオ、スマトラ、爪哇《ジャワ》への旅行許可證をも得させてあつたのが幸ひだつた。

私はうすら冷たくほの〴〵とした河明りが、障子にうつるこの室に坐りながら、私の最初のプランである、私の物語の娘に付與すべき性格を捕捉する努力を決して捨ててはゐない。藝術は運命である。一度モチーフに絡《から》まれたが最後、捨てようにも捨てられないのである。その方向からすれば、この家の娘への關心は私に取つて一時の岐路《きろ》であつた。私の初め計畫した物語の娘の創造こそ私の行くべき本道である。

だが、かう思ひつゝ私が河に對するとき、水に對する私の感じが、殆ど前と違つてゐるのである。河には無限の乳房のやうな水源があり、末にはまた無限に包容する大海がある。この首尾《しゆび》を持ちつゝ、その中間に於ての河なのである。そこには無限性を藏さなくてはならない筈である。

かういふことは、誰でも知り過ぎてゐて、平凡に歸したことだが、この家の娘が身を賭けるやうにして、河上に探りつゝ試みたあの土俗地理學者との戀愛の話の味はひ、またその娘が遂に流れ去つて行つた海の果ての豐饒《ほうぜう》を親しく見聞して來た私には、河は過程のやうなものでありながら、しかも首尾に對して根幹の密接な關係があることが感じられる。すればこの仄《ほの》かな河明りにも、私が曾て憧憬してゐたあはれにかそけきものの外に、何か確乎《かくこ》とした質量がある筈である――何かさういふものがはつきり私に感じられて來ると、結局、私は私の物語を書き直す決意にまで、私の勇氣を立ち至らしめたのである。

老妓抄

平出園子といふのが老妓《らうぎ》の本名だが、これは歌舞伎俳優の戸籍名のやうに當人の感じになづまないところがある。さうかといつて職業上の名の小そのとだけでは、だんく素人《しろうと》の素朴な氣持ちに還らうとしてゐる今日の彼女の氣品にそぐはない。

こゝではたゞ何となく老妓といつて置く方がよからうと思ふ。

人々は眞晝の百貨店でよく彼女を見かける。

目立たない洋髮に結び、市樂《いちらく》の着物を堅氣風《かたぎふう》につけ、小女一人連れて、憂鬱な顔をして店内を歩き廻る。恰幅《かつぷく》のよい長身に兩手をだらりと垂らし、投出して行くやうな足取りで、一つところを何度も廻り返す。さうかと思ふと、紙凧《たこ》の糸のやうにすつとのして行つて、思ひがけないやうな遠い賣場に佇《たゝず》む。彼女は眞晝の寂しさ以外、何も意識してゐない。

かうやつて自分を眞晝の寂しさに憩はしてゐる、そのことさへも意識してゐない。ひよつと目《め》星《ほし》い品が視野から彼女を呼び覺すと、彼女の靑みがかつた横長の眼がゆつたりと開いて、對象の品物を夢のなかの牡丹《ぼたん》のやうに眺める。脣が娘時代のやうに捲《まく》れ氣味に、片隅へ寄ると其處に微笑が泛《うか》ぶ。また憂鬱に返る。

だが、彼女は職業の場所に出て、好敵手が見つかるとはじめはちよつと呆《うつ》けたやうな表情をしたあとから、いくらでも快活に喋舌《しやべ》り出す。

新喜樂のまへの女將《おかみ》の生きてゐた時分に、この女將と彼女と、もう一人新橋のひさごあたりが一つ席に落合つて、雜談でも始めると、この社會人の耳には典型的と思はれる、機智と飛躍に富んだ會話が展開された。相當な年配の藝妓たちまで「話し振りを習はう」といつて、客を捨て老女たちの周圍に集つた。

彼女一人のときでも、氣に入つた若い同業の女のためには、經歷談をよく話した。

何も知らない雛妓《おしやく》時代に、座敷の客と先輩との間に交される露骨な話に笑ひ過ぎて疊の上に粗相をして仕舞ひ、座が立てなくなつて泣き出してしまつたことから始めて、圍ひもの時代に、情人と逃げ出して、旦那におふくろを人質にとられた話や、もはや抱妓《かゝへこ》の二人三人も置くやうな看板ぬしになつてからも、內實の苦しみは、五圓の現金を借りるために横濱往復十二圓の月末拂ひの俥《くるま》に乘つて行つたことや、彼女は相手の若い妓たちを笑ひでへと〳〵に疲らせずには措《お》かないまで、話の筋は同じでも、趣向は變へて、その迫り方は彼女に物の怪《け》がつき、われ知らずに魅惑の爪を相手の女に突き立てて行くやうに見える。若さを嫉妬して、老いが狡猾《かうくわつ》な方法で巧みに責め苛《さいな》んでゐるやうにさへ見える。

若い藝妓たちは、たうとう髮を振り亂して、兩脇腹を押へ喘《あへ》いでいふのだつた。

「姐《ねえ》さん、賴むからもう止してよ。この上笑はせられたら死んでしまふ」

老妓は、生きてる人のことは決して語らないが、故人で馴染《なじみ》のあつた人については一皮剝《む》いた彼女獨特の觀察を語つた。それ等の人の中には思ひがけない素人も藝人もあつた。

支那の名優の梅蘭芳《メイランファン》が帝國劇場に出演しに來たとき、その肝煎《きもい》りをした某富豪に向つて、老妓は「費用はいくらかゝつても關《かま》ひませんから、一度のをりをつくつて欲しい」と賴み込んで、その富豪に宥《なだ》め返されたといふ話が、嘘か本當か、彼女の逸話の一つになつてゐる。

笑ひ苦しめられた藝妓の一人が、その復讐のつもりもあつて

「姐さんは、そのとき、銀行の通帳を帶揚げから出して、お金ならこれだけありますと、その方に見せたといふが、ほんたうですか」と訊く。

すると、彼女は、

「ばか〳〵しい。子供ぢやあるまいし、帶揚げのなんのつて……」

こどものやうになつて、ぷん〳〵怒るのである。その眞僞はとにかく、彼女からかういふうぶな態度を見たいためにも、若い女たちはしば〳〵訊いた。

「だがね。おまへさんたち」と小そのは總てを語つたのちにいふ、「何人男を代へてもつづまるところ、たつた一人の男を求めてゐるに過ぎないのだね。いまかうやつて思ひ出して見て、この男、あの男と部分々々に牽《ひ》かれるものの殘つてゐるところは、その求めてゐる男の一部々々の切れはしなのだよ。だから、どれもこれも一人では永くは續かなかつたのさ」

「そして、その求めてゐる男といふのは」と若い藝妓たちは訊き返すと

「それがはつきり判れば、苦勞なんかしやしないやね」それは初戀の男のやうでもあり、また、この先、見つかつて來る男かも知れないのだと、彼女は日常生活の場合の憂鬱な美しさを生地《きぢ》で出して云つた。

「そこへ行くと、堅氣さんの女は羨しいねえ。親がきめて呉れる、生涯ひとりの男を持つて、何も迷はずに子供を儲けて、その子供の世話になつて死んで行く」

こゝまで聴くと、若い藝妓たちは、姐《ねえ》さんの話もいゝがあとが人をくさらしていけないと評するのであつた。

小そのが永年の辛苦《しんく》で一通りの財產も出來、座敷の勤めも自由な選擇が許されるやうになつた十年ほど前から、何となく健康で常識的な生活を望むやうになつた。藝者屋をしてゐる表店と彼女の住つてゐる裏の藏附の座敷とは隔離してしまつて、しもたや風の出入口を別に露地から表通りへつけるやうに造作したのも、その現はれの一つであるし、遠緣の子供を貰つて、養女にして女學校へ通はせたのもその現はれの一つである。彼女の稽古事が新時代的のものや知識的のものに移つて行つたのも、或はまたその現はれの一つと云へるかも知れない。この物語を書き記す作者のもとへは、下町のある知人の紹介で和歌を學びに來たのであるが、そのとき彼女はかういふ意味のことを云つた。

藝者といふものは、調法ナイフのやうなもので、これと云つて特別によく利くこともいらないが、大概なことに間に合ふものだけは持つてゐなければならない。どうかその程度に敎へて頂き度い。この頃は自分の年恰好から、自然上品向きのお客さんのお相手をすることが多くなつたから。

作者は一年ほどこの母ほども年上の老女の技能を試みたが、和歌は無い素質ではなかつたが、むしろ俳句に適する性格を持つてゐるのが判つたので、やがて女流俳人の某女に紹介した。老妓はそれまでの指導の禮だといつて、出入りの職人を作者の家へ寄越して、中庭に下町風の小さな池と噴水を作つて呉れた。

彼女が自分の母屋《おもや》を和洋折衷風《せつちゆうふう》に改築して、電化装置にしたのは、彼女が職業先の料亭のそれを見て來て、負けず嫌ひからの思ひ立ちに違ひないが、設備して見て、彼女はこの文明の利器が現す働きには、健康的で神祕なものを感ずるのだつた。

水を口から注ぎ込むとたちまち湯になつて栓口から出るギザーや、煙管《きせる》の先で壓《お》すと、すぐ種火が點じて煙草に燃えつく電氣莨盆《たばこぼん》や、それらを使ひながら、彼女の心は新鮮に慄《ふる》へるのだつた。

「まるで生きものだね、ふーム、物事は萬事かういかなくつちや……」

その感じから想像に生れて來る、端的で速力的な世界は、彼女に自分のして來た生涯を顧みさせた。

「あたしたちのして來たことは、まるで行燈《あんどん》をつけては消し、消してはつけるやうなまどろい生涯だつた」

彼女はメートルの費用の嵩《かさ》むのに少からず辟易《へきえき》しながら、電氣装置をいぢるのを樂しみに、しばらくは毎朝こどものやうに早起した。

電氣の仕掛けはよく損じた。近所の蒔田といふ電氣器具商の主人が來て修繕した。彼女はその修繕するところに附纒《つきまと》つて、珍らしさうに見てゐるうちに、彼女にいくらかの電氣の知識が攝《と》り入れられた。

「陰の電氣と陽の電氣が合體すると、そこにいろ〳〵の働きを起して來る。ふーム、こりや人間の相性《あひしやう》とそつくりだねえ」

彼女の文化に對する驚異は一層深くなつた。

女だけの家では男手の欲しい出來事がしば〳〵あつた。それで、この方面の支辨も兼ねて蒔田が出入してゐたが、あるとき、蒔田は一人の青年を伴つて來て、これから電氣の方のことはこの男にやらせると云つた。名前は柚木といつた。快活で事もなげな青年で、家の中を見廻しながら「藝者屋にしちやあ、三味線がないなあ」などと云つた。度々來てゐるうち、その事もなげな樣子と、それから人の氣《き》先《さき》を撥《は》ね返す颯爽とした若い氣分が、いつの間にか老妓の手頃な言葉仇となつた。

「柚木君の仕事はチャチだね。一週間と保《も》つた試《ため》しはないぜ」彼女はこんな言葉を使ふやうになつた。

「そりやさうさ、こんなつまらない仕事は。パッションが起らないからねえ」

「パッションて何だい」

「パッションかい、ははは、さうさなあ、君たちの社會の言葉でいふなら、うん、さうだ、いろ氣が起らないといふことだ」

ふと、老妓は自分の生涯に憐みの心が起つた。パッションとやらが起らずに、ほとんど生涯勤めて來た座敷の數々、相手の數々が思ひ泛《うか》べられた。

「ふむ、さうかい。ぢや、君、どういふ仕事ならいろ氣が起るんだい」

青年は發明をして、專賣特許を取つて、金を儲けることだといつた。

「なら、早くそれをやればいゝぢやないか」

柚木は老妓の顔を見上げたが

「やればいゝぢやないかつて、さう事が簡單に……(柚木はこゝで舌打をした)だから君たちは遊び女といはれるんだ」

「いやさうでないね。かう云ひ出したからには、こつちに相談に乘らうといふ腹があるからだよ。食べる方は引受けるから、君、思ふ存分にやつてみちやどうだね」

からうして、柚木は蒔田の店から、小そのが持つてゐる家作の一つに移つた。老妓は柚木のいふまゝに家の一部を工房に仕替へ、多少の研究の機械類も買つてやつた。

小さい時から苦學をしてやつと電氣學校を卒業はしたが、目的のある柚木は、體を縛《しば》られる勤人になるのは避けて、ほとんど日傭《ひようと》取り同様の臨時雇ひになり、市中の電氣器具店廻りをしてゐたが、ふと蒔田が同郷の中學の先輩で、その上世話好きの男なのに絆《ほだ》され、しばらくその店務を手傳ふことになつて住み込んだ。だが蒔田の家には子供が多いし、こまぐした仕事は次から次とあるし、辟易《へきえき》してゐた矢先だつたのですぐに老妓の後援を受け入れた。しかし、彼はたいして有難いとは思はなかつた。散々あぶく錢を男たちから絞つて、好き放題なことをした商賣女が、年老いて良心への償《つぐな》ひのため、誰でもこんなことはしたいのだらう。こつちから恩惠を施してやるのだといふ太々しい考は持たないまでも、老妓の好意を負擔には感じられなかつた。生れて始めて、日々の糧《かて》の心配なく、專心に書物の中のことと、實驗室の成績と突き合せながら、使へる部分を自分の工夫の中へ鞣《なめ》し取つて、世の中にないものを創り出して行かうとする靜かで足取りの確かな生活は幸福だつた。柚木は自分ながら壯軀と思はれる身體に、麻布のブルーズを着て、頭を鏝《こて》で縮らし、椅子に斜に倚つて、煙草を燻《く》ゆらしてゐる自分の姿を、柱かけの鏡の中に見て、前とは別人のやうに思ひ、また若き發明家に相應《ふさ》はしいものに自分ながら思つた。工房の外は廻り縁になつてゐて、矩形の細長い庭には植木も少しはあつた。彼は仕事に疲れると、この縁へ出て仰向けに寢轉び、都會の少し淀んだ青空を眺めながら、いろ〳〵の空想をまどろみの夢に移し入れた。

小そのは四、五日目毎に見舞つて來た。ずらりと家の中を見廻して、暮しに不自由さうな部分を憶《おぼ》えて置いて、あとで自宅のものの誰かに運ばせた。

「あんたは若い人にしちや世話のかゝらない人だね。いつも家の中はきちんとしてゐるし、よごれ物一つ溜めてないね」

「そりやさうさ。母親が早く亡くなつちやつたから、あかんぼのうちから襁褓《おむつ》を自分で洗濯して、自分で當てがつた」

老妓は「まさか」と笑つたが、悲しい顏附きになつて、かう云つた。

「でも、男があんまり細かいことに氣のつくのは偉くなれない性分ぢやないのかい」

「僕だつて、根からこんな性分でもなさ相だが、自然と慣らされてしまつたのだね。ちつとでも自分にだらしがないところが眼につくと、自分で不安なのだ」

「何だか知らないが、欲しいものがあつたら、遠慮なくいくらでもさうお云ひよ」

初午《はつうま》の日には稲荷鮨《いなりずし》など取寄せて、母子のやうな寛《くつろ》ぎ方で食べたりした。

養女のみち子の方は氣紛《きまぐ》れであつた。來はじめると毎日のやうに來て、柚木を遊び相手にしようとした。小さい時分から情事を商品のやうに取扱ひつけてゐるこの社會に育つて、いくら養母が遮斷したつもりでも、それを形式だけに覺えて仕舞つた。商品的の情事が心情に染みないわけはなかつた。早くからマセて仕舞つて、しかも、その上皮にほんの一重大人の分別がついてしまつた。青春などは素通りして仕舞つて、心はこどものまゝ固つて、その上皮にほんの一重大人の分別がついてしまつた。柚木は遊び事には氣が乘らなかつた。興味が彈《はず》まないまゝみち子は來るのが途絶《とだ》えて、久しくしてからまたのつそりと來る。自分の家で世話をしてゐる人間に若い男が一人ゐる、遊びに行かなくちや損だといふくらゐの氣持ちだつた。老母が緣もゆかりもない人間を拾つて來て、不服らしいところもあつた。

みち子は柚木の膝の上へ無造作《むざうさ》に腰をかけた。樣式だけは完全な流眄《ながしめ》をして

「どのくらゐ目方があるかを量《はか》つてみてよ」

柚木は二、三度膝を上げ下げしたが

「結婚適齡期にしちやあ、情操のカンカンが足りないね」

「そんなことはなくつてよ、學校で操行點はAだつたわよ」

みち子は柚木のいふ情操といふ言葉の意味をわざと違へて取つたのか、本當に取り違へたものか――

柚木は衣服の上から娘の體格を探つて行つた。それは榮養不良の子供が一人前の女の嬌態《けうたい》をする正體を發見したやうな、をかしみがあつたので、彼はつい失笑した。

「ずゐぶん失禮ね」

「どうせあなたは偉いのよ」みち子は怒つて立上つた。

「まあ、せい〴〵運動でもして、おつかさん位な體格になるんだね」

みち子はそれ以後何故とも知らず、しきりに柚木に憎みを持つた。

半年ほどの間、柚木の幸福感は續いた。しかし、それから先、彼は何となくぼんやりして來た。目的の發明が空想されてゐるうちは、確に素晴らしく思つたが、實地に調べたり、研究する段になると、自分と同種の考案はすでにいくつも特許されてゐてたとへ自分の工夫の方がずつと進んでゐるにしても、既許のものとの牴觸《ていしよく》を避けるため、かなり模樣を變へねばならなくなつた。その上かういふ發明器が果して社會に需要されるものやらどうかも疑はれて來た。實際專門家から見ればいゝものなのだが、一向社會に行はれない結構な發明があるかと思へば、ちよつとした思附きのもので、非常に當ることもある。發明にはスペキュレーションを伴ふといふことも、柚木は兼ね〴〵承知してゐることではあつたが、その運びがこれほど思ひどほり素直に行かないものだとは、實際にやり出してはじめて痛感するのだつた。

しかし、それよりも柚木にこの生活への熱意を失はしめた原因は、自分自身の氣持ちに在つた。前に人に使はれて働いてゐた時分は、生活の心配を離れて、專心に工夫に沒頭したら、さぞ快いだらうといふ、その憧憬から日々の雜役も忍べてゐたのだがその通りに朝夕を送れることになつてみると、單調で苦澁《くじふ》なものだつた。とき〴〵あまり靜で、その上全く誰にも相談せず、自分一人だけの考を突き進めてゐる狀態は、何だか見當違ひなことをしてゐるため、とんでもない方向へ外れてゐて、社會から自分一人が取り殘されたのではないかといふ脅《おび》えさへ屢〻起つた。

金儲けといふことについても疑問が起つた。この頃のやうに暮しに心配がなくなりほんの氣晴らしに外へ出るにしても、映畫を見て、酒場へ寄つて、微醉を帯びて、圓タクに乘つて歸るぐらゐのことで充分すむ。その上その位な費用なら、さう云へば老妓は快く呉れた。そしてそれだけで自分の慰樂は充分滿足だつた。柚木は二、三度職業仲間に誘はれて、女道樂をしたこともあるが、賣もの、買ひもの以上に求める氣は起らず、それより、早く氣儘の出來る自分の家へ歸つて、のび〳〵と自分の好みの床に寢たい氣がしきりに起つた。彼は遊びに行つても外泊は一度もしなかつた。彼は寢具だけは身分不相應なものを作つてゐて、羽根蒲團《はねぶとん》など、自分で鳥屋から羽根を買つて來て器用に拵《こしら》へてゐた。

いくら探してみてもこれ以上の慾が自分に起りさうもない、妙に中和されて仕舞つた自分を發見して柚木は心寒くなつた。

これは、自分等の年頃の青年にしては變態になつたのではないかしらんとも考へた。それに引きかへ、あの老妓は何といふ女だらう。憂鬱な顔をしながら、根に判らない逞ましいものがあつて、稽古ごと一つだつて、次から次へと、未知のものを貪《むさぼ》り食つて行かうとしてゐる。常に滿足と不滿が交る〴〵彼女を押し進めてゐる。

小そのがまた見廻りに來たときに、柚木はこんなことから訊く話を持ち出した。

「フランスレヴュウの大立物の女優で、ミスタンゲットといふのがあるがね」

「あゝそんなら知つてるよ。レコードで……あの節廻しはたいしたもんだね」

「あのお婆さんは體中の皺を足の裏へ、括《くゝ》つて溜めてゐるといふ評判だが、あんたなんかまだその必要はなささうだなあ」

老妓の眼はぎろりと光つたが、すぐ微笑して

「あたしかい、さあ、もうだいぶ年越の豆の數も殖《ふ》えたから、前のやうには行くまいが、まあ試しに」といつて、老妓は左の腕の袖口を捲《まく》つて柚木の前に突き出した。

「あんたがだね。こゝの腕の皮を親指と人差指で力一ぱい抓《つね》つて壓《おさ》へててご覽」

柚木はいふ通りにしてみた。柚木にさうさせて置いてから老妓はその反對側の腕の皮膚を自分の右の二本の指で抓つて引くと、柚木の指に挾まつてゐた皮膚はじいわり滑り拔けて、もとの腕の形に納まるのである。もう一度柚木は力を籠《こ》めて試してみたが、老妓にひかれると滑り去つて抓り止めてゐられなかつた。鰻の腹のやうな靭《つよ》い滑《なめら》かさと、羊皮紙のやうな神祕な白い色とが、柚木の感覺にいつまでも殘つた。

「氣持ちの惡い……。だが、驚いたなあ」

老妓は腕に指痕《ゆびあと》の血の氣がさしたのを、縮緬《ちりめん》の襦袢《じゆばん》の袖で擦り散らしてから、腕を納めていつた。

「小さいときから、打つたり叩かれたりして踊りで鍛へられたお蔭だよ」

だが、彼女はその幼年時代の苦勞を思ひ起して、暗澹とした顏つきになつた。

「おまへさんは、この頃、どうかおしかえ」

と老妓はしばらく柚木をじろ〳〵見ながらいつた。

「いゝえさ、勉強しろとか、早く成功しろとか、そんなことをいふんぢやないよ。まあ、魚にしたら、いきが悪くなつたやうに思へるんだが、どうかね。自分のことだけだつて考へ剰《あま》つてゐる筈の若い年頃の男が、年寄の女に向つて年齢のことを氣遣ふのなども、もう皮肉に氣持ちがこづんで來た證據だね」

柚木は洞察の鋭さに舌を巻きながら正直に白状した。

「駄目だな、僕は、何も世の中にいろ氣がなくなつたよ。いや、ひよつとしたら始めからない生れつきだつたかも知れない」

「そんなこともなからうが、しかし、もしさうだつたら困つたものだね。君は見違へるほど體など肥つて來たやうだがね」

事實、柚木はもとよりいゝ體格の青年が、ふ一つと膨れるやうに脂肪がついて、坊ちやんらしくなり、茶色の瞳の眼の上瞼《うはまぶた》の腫《は》れ具合や、顎《あご》が二重に括《く》れて來たところに艶めいたいろさへつけてゐた。

「うん、體はとてもいゝ狀態で、たゞかうやつてゐるだけで、とろ〳〵したいゝ氣持ちで、よつぽど氣を張り詰めてゐないと、氣にかけなくちやならないことも直ぐ忘れてゐるんだ。それだけ、また、ふだん、いつも不安なのだよ。生れてこんなこと始めてだ」

「麦とろの食べ過ぎかね」老妓は柚木がよく近所の麦飯ととろろを看板にしてゐる店から、それを取寄せて食べるのを知つてゐるものだから、かうまぜつかへしたが、すぐ眞面目になり「そんなときは、何でもいゝから苦勞の種を見附けるんだね。苦勞もほど〳〵の分量にや持ち合せてゐるもんだよ。」

それから二、三日經つて、老妓は柚木を外出に誘つた。連れにはみち子と老妓の家の抱《かか》へでない柚木の見知らぬ若い藝妓が二人ゐた。若い藝妓たちは、ちよつとした盛裝をしてゐて、老妓に「姐さん、今日はありがたう」と丁寧に禮を云つた。

老妓は柚木に

「今日は君の退屈の慰勞會をするつもりで、これ等の藝妓たちにも、ちやんと遠出の費用を拂つてあるのだ」と云つた。「だから、君は旦那になつたつもりで、遠慮なく愉快をすればいゝ」

なるほど、二人の若い藝妓たちは、よく働いた。竹屋の渡しを渡船に乘るときには年下の方が柚木に「おにいさん、ちよつと手を取つて下さいな」と云つた。そして船の中へ移るとき、わざとよろけて柚木の背を抱へるやうにして摑つた。柚木の鼻に香油の匂ひがして、胸の前に後襟《えり》の赤い裏から肥つて白い首がむつくり拔き出て、ぼんの窪の髮の生え際が、靑く霞めるところまで、突きつけたやうに見せた。顏は少し橫向きになつてゐたので、厚く白粉をつけて、白いエナメルほど照りを持つ頰から中高の鼻が彫刻のやうにはつきり見えた。

老妓は船の中の仕切りに腰かけてゐて、帶の間から煙草入れとライターを取出しかけながら「いゝ景色だね」と云つた。

圓タクに乘つたり、步いたりして、一行は荒川放水路の水に近い初夏の景色を見て廻つた。工場が殖え、會社の社宅が建ち並んだが、むかしの鐘《かね》ヶ淵や、綾瀨《あやせ》の面かげは石炭殼の地面の間に、ほんの切れ端になつてところ〴〵に殘つてゐた。綾瀬川の名物の合歡《ねむ》の木は少しばかり殘り、對岸の蘆洲《あしす》の上に船大工だけ今もゐた。

「あたしが向島の寮に圍はれてゐた時分、旦那がとても嫉妬家《やきもちやき》でね、この界隈から外へは決して出して呉れない。それであたしはこの邊を散歩すると云つて寮を出るし、男はまた鯉釣りに化けて、この土手下の合歡《ねむ》の並木の陰に船を繋《もや》つて、そこでいまいふランデヴウをしたものさね」

夕方になつて合歡の花がつぼみかゝり、船大工の槌《つち》の音がいつの間にか消えると、青白い河靄《かはもや》がうつすり漂ふ。

「私たちは一度心中の相談をしたことがあつたのさ。なにしろ舷《ふなべり》一つ跨《また》げば事が濟むことなのだから、ちよつと危かつた」

「どうしてそれを思ひ止つたのか」と柚木はせまい船のなかをのし〳〵歩きながら訊いた。

「いつ死なうかと逢う度毎に相談しながら、のび〳〵になつてゐるうちに、ある日川の向うに心中態《てい》の土左衞門が流れて來たのだよ。人だかりの間から熟々《つく〴〵》眺めて男は云つたのさ。心中つてものも、あれはざまの惡いものだ。やめようつて」

「あたしは死んで仕舞つたら、この男にはよからうが、あとに殘る旦那が可哀想だといふ氣がして來てね。どんな身の毛のよだつやうな男にしろ、嫉妬《やきもち》をあれほど妬《や》かれるとあとに心が殘るものさ」

若い藝妓たちは「姐さんの時代ののんきな話を聽いてゐると、私たちけふ日の働き方が熟々がつく〴〵におもへて、いやんなつちやふ」と云つた。

すると老妓は「いや、さうでないねえ」と手を振つた。

「この頃はこの頃でいゝところがあるよ。それにこの頃は何でも話が手取り早くて、まるで電氣のやうでさ、そしていろ〳〵の手があつて面白いぢやないか」

さういふ言葉に執成《とりな》されたあとで、年下の藝妓を主に年上の藝妓が介添《かいぞへ》になつて、頻りに艶めかしく柚木を取持つた。

みち子はといふと何か非常に動搖させられてゐるやうに見えた。

はじめは輕蔑した超然とした態度で、一人離れて、携帶のライカで景色など撮《うつ》してゐたが、にはかに柚木に慣れ〳〵しくして、柚木の歡心を得ることにかけて、藝妓たちに勝越さうとする態度を露骨に見せたりした。

さういふ場合、未成熟《なま》の娘の心身から、利かん氣を僅かに絞り出す、病鷄《やみどり》のさゝ身ほどの肉感的な匂ひが、柚木には妙に感覺にこたへて、思はず肺の底へ息を吸はした。だが、それは刹那的のものだつた。心に打ち込むものはなかつた。

若い藝妓たちは、娘の挑戰を快くは思はなかつたらしいが、大姐さんの養女のことではあり、自分達は職業的に來てゐるのだから、無理な骨折りを避けて、娘が努めるうちは媚びを差控へ、娘の手が緩《ゆる》むと、またサーヴィスする。みち子にはそれが自分の菓子の上にたかる蠅のやうにうるさかつた。

何となくその不滿の氣持ちを晴らすらしく、みち子は老妓に當つたりした。

老妓はすべてを大して氣にかけず、悠々と土手でカナリヤの餌のはこべを摘んだり菖蒲園《しやうぶゑん》できぬかつぎを肴《さかな》にビールを飲んだりした。

夕暮になつて、一行が水神《すゐじん》の八百松へ晩餐をとりに入らうとすると、みち子は、柚木をじろりと眺めて

「あたし、和食のごはんたくさん、一人で家に歸る」と云ひ出した。藝妓たちが驚いて、では送らうといふと、老妓は笑つて

「自動車に乘せてやれば、何でもないよ」といつて通りがかりの車を呼び止めた。

自動車の後姿を見て老妓は云つた。

「あの子も、おつな眞似をすることを、ちよんぼり覺えたね」

柚木にはだん〳〵老妓のすることが判らなくなつた。むかしの男たちへの罪滅しのために若いものの世話でもして氣を取直すつもりかと思つてゐたが、さうでもない。近頃この界隈に噂が立ちかけて來た、老妓の若い燕といふそんな氣配はもちろん、老妓は自分に對して現はさない。

何で一人前の男をこんな放膽な飼ひ方をするのだらう。柚木は近頃工房へは少しも入らず、發明の工夫も斷念した形になつてゐる。そして、そのことを老妓はとくに知つてゐる癖に、それに就いては一言も云はないだけに、いよ〳〵パトロンの目的が疑はれて來た。縁側に向いてゐる硝子窓から、工房の中が見えるのを、なるべく眼を外らして、縁側に出て仰向けに寢轉ぶ。夏近くなつて庭の古木は青葉を一せいにつけ、池を埋めた渚《なぎさ》の殘り石から、いちはつやつゝじの花が虻《あぶ》を呼んでゐる。空は凝《こ》つて青く澄み、大陸のやうな雲が少し雨氣で色を濁しながらゆる〳〵移つ

て行く。隣の乾物《ほしもの》の陰に桐の花が咲いてゐる。

柚木は過去にいろ〳〵の家に仕事のために出入りして、醬油樽の黴臭《かびくさ》い戸棚の隅に首を突込んで窮屈な仕事をしたことや、主婦や女中に晝の煮物を分けて貰つて辨當を使つたことや、その頃は嫌だつた事が今ではむしろなつかしく想ひ出される。蒔田の狭い二階で、注文先からの設計の豫算表を造つてゐると、子供が代る〴〵來て、頸筋が赤く腫れるほど取りついた。小さい口から營《な》めかけの飴玉を取出して、涎《よだれ》の糸をひいたまゝ自分の口に押し込んだりした。

彼は自分は發明なんて大それたことより、普通の生活が欲しいのではないかと考へ始めたりした。ふと、みち子のことが頭に上つた。老妓は高いところから何も知らない顏をして、鷹揚《おうやう》に見てゐるが、實は出來ることなら自分をみち子の婿にでもして、ゆく〳〵老後の面倒でも見て貰はうとの腹であるのかも知れない。だがまたさうとばかり判斷も仕切れない。あの氣嵩《きがさ》な老妓がそんなしみつたれた計畫で、ひとに好意をするのでないことも判る。

みち子を考へる時、形式だけは十二分に整つてゐて、中身は實が入らず仕舞ひになつた娘、柚木はみなし茹《ゆ》で栗の水つぽくぺちや〳〵な中身を聯想して苦笑したが、この頃みち子が自分に憎みのやうなものや、反感を持ちながら、妙に粘つて來る態度が心にとまつた。

彼女のこの頃の來方は氣紛れでなく、一日か二日置き位な定期的なものになつた。

みち子は裏口から入つて來た。彼女は茶の間の四疊半と工房が座敷の中に仕切つて拵へてある十二疊の客座敷との襖《ふすま》を開けると、そこの敷居の上に立つた。片手を柱に凭《もた》せ體を少し捻つて嬌態を見せ、片手を擴げた袖の下に入れて寫眞を撮るときのやうなポーズを作つた。俯《うつ》向き加減に

眼を不機嫌らしく額越しに覗《のぞ》かして

「あたし來てよ」と云つた。

縁側に寢てゐる柚木はたゞ「うん」と云つただけだつた。

みち子はもう一度同じことを云つて見たが、同じやうな返事だつたので、本當に腹を立て

「何て不精《ぶしやう》たらしい返事なんだらう、もう二度と來てやらないから」と云つた。

「仕樣のない我儘娘だな」と云つて、柚木は上體を起上らせつゝ、足を胡坐《あぐら》に組みながら

「ほほう、今日は日本髮か」とじろ〳〵眺めた。

「知らない」といつて、みち子はくるりと後向きになつて着物の背筋に捩《す》ねた線を作つた。柚木は、華やかな帶の結び目の上はすぐ、突襟のうしろ口になり、頸の附眼を眞つ白く富士形に覗かせて誇張した媚態《びたい》を示す物々しさに較べて、帶の下の腰つきから裾は、一本花のやうに急に削《そ》げてゐて味もそつけもない少女のまゝなのを異樣に眺めながら、この娘が自分の妻になつて、何事も自分に氣を許し、何事も自分に頼りながら、小うるさく世話を燒く間柄になつた場合を想像した。それでは自分の一生も案外小ぢんまりした平凡に規定されて仕舞ふ寂寞の感じはあつたが、しかし、また何かさうなつて見ての上のことでなければ判らない不明な珍らしい未來の想像が、現在の自分の心情を牽《ひ》きつけた。

柚木は額を小さく見せるまでたわゝに前髮や鬢《びん》を張り出した中に整ひ過ぎたほど型通りの美しい娘に化粧したみち子の小さい顏に、もつと自分を夢中にさせる魅力を見出したくなつた。

「もう一ぺんこつちを向いてご覽よ、とても似合ふから」

みち子は右肩を一つ搖つたが、すぐくるりと向き直つて、ちよつと手を胸と鬢《びん》へやつて搔い繕つた。「うるさいのね、さあ、これでいゝの」彼女は柚木が本氣に自分を見入つてゐるのに滿足しながら、藥玉《くすだま》の簪《かんざし》の垂れをピラ〳〵させて云つた。

「ご馳走を持つて來てやつたのよ。當ててご覽なさい」

柚木はこんな小娘に嬲《なぶ》られる甘さが自分に見透かされたのかと、心外に思ひながら

「當てるの面倒臭い。持つて來たのなら、早く出し給へ」と云つた。

みち子は柚木の權柄《けんぺい》づくにたちまち反抗心を起して「人が親切に持つて來てやつたのを、そんなに威張るのなら、もうやらないわよ」と横向きになつた。

「出せ」と云つて柚木は立上つた。彼は自分でも、自分が今、しかゝる素振《そぶ》りに驚きつゝ、彼の權威者のやうに「出せと云つたら、出さないか」と體を嵩張《かきは》らせて、のそ〳〵とみち子に向つて行つた。

自分の一生を小さい陷穽《かんせい》に嵌め込んで仕舞ふ危險と、何か不明の牽引《けんいん》力の爲めに、危險と判り切つたものへ好んで身を挺して行く絕對絕命の氣持ちとが、生れて始めての極度の緊張感を彼から抽《ひ》き出した。自己嫌惡に打負かされまいと思つて、彼の額から脂汗がたら〳〵と流れた。

みち子はその行動をまだ彼の冗談半分の權柄づくの續きかと思つて、ふざけて輕蔑するやうに眺めてゐたが、だいぶ模樣が違ふので途中から急に恐ろしくなつた。

彼女はやゝ茶の間の方へ退《すさ》りながら

「誰が出すもんか」と小さく呟いてゐたが、柚木が彼女の眼を火の出るやうに見詰めながら、

徐々に懐中から一つづつ手を出して彼女の肩にかけると、恐怖のあまり「あつ」と二度ほど小さく叫び、彼女の何の修裝もない生地の顔が感情を露出して、眼鼻や口がばら〳〵に配置された。「出し給へ」「早く出せ」その言葉の意味は空虛で、柚木の腕から太い戰慄が傳つて來た。柚木の大きい咽喉佛がゆつくり生唾を飲むのが感じられた。

彼女は眼を裂けるやうに見開いて「ご免なさい」と泣聲になつて云つたが、柚木はまるで感電者のやうに、顏を痴呆にして、鈍く蒼ざめ、眼をもとのやうに据ゑたまゝたゞ戰慄だけをいよいよ激しく兩手からみち子の體に傳へてゐた。

みち子はつひに何ものかを柚木から讀み取つた。普段「男は案外臆病なものだ」と養母の言つた言葉がふと思ひ出された。

立派な一人前の男が、そんなことで臆病と戰つてゐるのかと思ふと、彼女は柚木が人のよい大きい家畜のやうに可愛ゆく思へて來た。

彼女はばら〳〵になつた顏の道具をたちまちまとめて、愛嬌したゝるやうな媚《こ》びの笑顏に造り直した。

「ばか、そんなにしないだつて、ご馳走あげるわよ」

柚木の額の汗を掌でしゆつと拂ひ捨ててやり

「こつちにあるから、いらつしやいよ。さあね」

ふと鳴つて通つた庭樹の靑嵐を振返つてから、柚木のがつしりした腕を把つた。

さみだれが烟るやうに降る夕方、老妓は傘をさして、玄關橫の柴折戸《しをりど》から庭へ入つて來た。澁い座敷着を着て、座敷へ上つてから、褄《つま》を下ろして坐つた。

「お座敷の出がけだが、ちよつとあんたに云つとくことがあるので寄つたんだがね」

莨入《たばこい》れを出して、煙管で煙草盆代りの西洋皿を引寄せて
「この頃、うちのみち子がしよつちゆう來るやうだが、なに、それについて、とやかく云ふんぢやないがね」

若い者同士のことだから、もしやといふことも彼女は云つた。

「そのもしやもだね」

本當に性が合つて、心の底から惚れ合ふといふのなら、それは自分も大賛成なのである。

「けれども、もし、お互ひが切れつぱしだけの惚れ合ひ方で、たゞ何かの拍子で出來合ふといふことでもあるなら、そんなことは世間にはいくらもあるし、つまらない。必ずしもみち子を相手取るには當るまい。私自身も永い一生そんなことばかりで苦勞して來た。それなら何度やつても同じことなのだ」

仕事であれ、男女の間柄であれ、混り氣のない沒頭した一途《いちづ》な姿を見たいと思ふ。

私はさういふものを身近に見て、素直に死に度いと思ふ。

「何も急いだり、焦《あせ》つたりすることはいらないから、仕事なり戀なり、無駄をせず、一揆《いつき》で心殘りないものを射止めて欲しい」と云つた。

柚木は「そんな純粋なことは今どき出來もしなけりや、在るものでもない」と磊落《らいらく》に笑つた。

老妓も笑つて

「いつの時代だつて、心懸けなきや滅多にないさ。だから、ゆつくり構へて、まあ、好きなら麥とろでも食べて、運の籤《くじ》の性質をよく見定めなさいといふのさ。幸ひ體がいゝからね。根氣も續きさうだ」

　車が迎へに來て、老妓は出て行つた。

柚木はその晩ふら〳〵と旅に出た。

老妓の意志はかなり判つて來た。それは彼女に出來なかつたことを自分にさせようとしてゐるのだ。しかし、彼女が彼女に出來なくて自分にさせようとしてゐることなぞは、彼女とて自分とて、またいかに運の籤のよきものを抽《ひ》いた人間とて現實では出來ない相談のものなのではあるまいか。現實といふものは、切れ端は與へるが、全部はいつも眼の前にちらつかせて次々と人間を釣つて行くものではなからうか。

　自分はいつでも、そのことについては諦めることが出來る。しかし彼女は諦めといふことを知らない。その點彼女に不敏なところがあるやうだ。だがある場合には不敏なものの方に強味がある。

　たいへんな老女がゐたものだ、と柚木は驚いた。何だか甲羅を經て化けかゝつてゐるやうにも思はれた。悲壯な感じにも衝《う》たれたが、また、自分が無謀なその企てに捲き込まれる嫌な氣持ちもあつた。出來ることなら老女が自分を乘せかけてゐる果しも知らぬエスカレーターから免れて、つんもりした手製の羽根蒲團のやうな生活の中に潛り込み度いものだと思つた。彼はさういふ考へを裁くために、東京から汽車で二時間ほどで行ける海岸の旅館へ來た。そこは蒔田の兄が經營してゐる旅館で、蒔田に頼まれて電氣裝置を見廻りに來てやつたことがある。廣い海を控へ雲の往來の絶え間ない山があつた。かういふ自然の間に靜思して考へを纏《まと》めようといふことなど、彼には今までにつひぞなかつたことだ。

體のよいためか、こゝへ來ると、新鮮な魚はうまく、潮を浴びることは快かつた。しきりに哄笑が内部から湧き上つて來た。

第一にさういふ無限な憧憬にひかれてゐる老女がそれを意識しないで、刻々のちまぐ\した生活をしてゐるのがをかしかつた。それからある種の動物は、たゞその周圍の地上に圈《わ》の筋をひかれただけで、それを越し得ないといふそれのやうに、柚木はこゝへ來ても老妓の雰圍氣から脱し得られない自分がをかしかつた。その中に籠《こ》められてゐるときは重苦しく退屈だが、離れるとなると寂しくなる。それ故に、自然と探し出して貰ひ度い底心の上に、判り易い旅先を選んで脱走の形式を採つてゐる自分の現狀がをかしかつた。

みち子との關係もをかしかつた。何が何やら判らないで、一度稻妻のやうに掠《かす》れ合つた。滯在一週間ほどすると、電氣器具店の蒔田が、老妓から頼まれて、金を持つて迎へに來た。蒔田は「面白くないこともあるだらう。早く收入の道を講じて獨立するんだね」と云つた。柚木は連れられて歸つた。しかし彼はこの後、たびぐ\出奔癖がついた。

「おつかさんまた柚木さんが逃げ出してよ」

運動服を着た養女のみち子が、藏の入口に立つてさう云つた。自分の感情はそつちのけに、養母が動搖するのを氣味よしとする皮肉なところがあつた。「ゆんべもをととひの晩も自分の家へ歸つて來ませんとさ」

新日本音樂の先生の歸つたあと、稽古場にしてゐる土藏の中の疊敷の小ぢんまりした部屋にほひとり殘つて、復習《さらひ》直しをしてゐた老妓は、三味線をすぐ下に置くと、內心口惜しさが漲《みなぎ》りかけるのを氣にも見せず、けろりとした顏を養女に向けた。

「あの男。また、お決まりの癖が出たね」

長煙管で煙草を一ぷく喫《す》つて、左の手で袖口を摑み展き、着てゐる大島の男縞が似合ふか似合はないか檢《ため》してみる樣子をしたのち

「うつちやつてお置き、さう〳〵はこつちも甘くなつてはゐられないんだから」

そして膝の灰をぽん〳〵と叩いて、樂譜をゆつくり仕舞ひかけた。いきり立ちでもするかと思つた期待を外された養母の態度にみち子は詰らないといふ顏をして、ラケットを持つて近所のコートへ出かけて行つた。すぐそのあとで老妓は電氣器具屋に電話をかけ、いつもの通り蒔田に柚木の探索を依賴した。遠慮のない相手に向つて放つその聲には自分が世話をしてゐる靑年の手前勝手を詰《なじ》る激しい銳さが、發聲口から聽話器を握つてゐる自分の手に傳はるまでに響いたが、彼女の心の中は不安な脅《おび》えがやゝ情緖的に醱酵して寂しさの微醺《ほろゑひ》のやうなものになつて、精神を活潑にしてゐた。電話器から離れると彼女は

「やつぱり若い者は元氣があるね。さうなくちや」呟きながら眼がしらにちよつと袖口を當て

た。彼女は柚木が逃げる度に、柚木に尊敬の念を持つて來た。だがまた彼女は、柚木がもし歸つて來なくなつたらと想像すると、毎度のことながら取り返しのつかない氣がするのである。

眞夏の頃、すでに某女に紹介して俳句を習つてゐる筈の老妓からこの物語の作者に珍らしく、和歌の添削《てんさく》の詠草が屆いた。作者はそのとき偶然老妓が以前、和歌の指導の禮に作者に拵へて呉れた中庭の池の噴水を眺める緣側で食後の涼を納《い》れてゐたので、そこで、取次ぎから詠草を受取つて、池の水音を聽き乍ら、非常な好奇心をもつて久しぶりの老妓の詠草を調べてみた。その中に最近の老妓の心境が窺へる一首があるので紹介する。もつとも原作に多少の改削《かいさく》を加へたのは、師弟の作法といふより、讀む人への意味の疏通をより良くするために外ならない。それは僅に修辭上の箇所にとゞまつて、内容は原作を傷けないことを保證する。

年々にわが悲しみは深くして
いよゝ華やぐいのちなりけり

東海道五十三次

風俗史專攻の主人が、殊に昔の旅行風俗や習慣に興味を向けて、東海道に探査の足を踏み出したのはまだ大正も初めの一高の生徒時代だつたといふ。私はその時分のことは知らないが大學生時代の主人が屢〻そこへ行くことは確に見てゐたし、一度などは私も一緒に連れて行つて貰つた。念の爲め主人と私の關係を話して置くと、私の父は幼時に維新の匇騷《そうきう》を越えて來たアマチュアの有職故實家《いうそくこじつか》であつたが、斯道に熱心で、研究の手傳《てだす》けのため一人娘の私に繪畫を習はせた。私は十六、七の頃にはもう濃く礬水《どうさ》をひいた薄美濃紙を宛てがつて繪巻物の斷片を騰《か》き寫しすることも出來たし、殘存の兜の錣《かぶとしころ》を、比較を間違へず寫生することも出來た。だが、自分の獨創で何か一枚畫を描いてみようとなるとそれは出來なかつた。

主人は父の邸へ出入りする唯一の青年といつてよかつた。他に父が交際してゐる人も無いことはなかつたが、みな中年以上か老人であつた。その頃は「成功」なぞといふ言葉が特に取出されて流行し、娘たちはハイカラ髷《まげ》といふ洋髮を結つてゐる時代で蟲食ひの圖書遺品を漁《あさ》るといふのはよく〳〵向きの變つた青年に違ひなかつた。けれども父は

「近頃、珍らしい感心な青年だ」と褒めた。

主人は地方の零落した舊家の三男で、學途には就いたものの、學費の半《なかは》以上は自分で都合しなければならなかつた。主人は、好きな道を役立てて歌舞伎の小道具方の相談相手になり、デパートの飾人形の衣裳を考證してやつたり、それ等から得る多少の報酬で學費を補つてゐた。かなり

生活は苦しさうだつたが、服裝はきちんとしてゐた。

「折角の學問の才を切れ端にして使ひ散らさないやうに――」

と始終忠告してゐた父が、その實意からしても死ぬ少し前、主人を養子に引取つて永年苦心の蒐集品《しうしふひん》と、助手の私を主人に讓つたのは道理である。

私が主人に連れられて東海道を始めてみたのは結婚の相談が纏《まと》まつて間もない頃である。今まで友だち附合ひの青年を、急に夫として眺めることは少し窮屈で擽《こそ》ばゆい氣もしたが、私には前から幾分さういふ豫感が無いわけでもなかつた。狹い職分や交際範圍の中に同じやうな空氣を呼吸して來た若い男女が、どのみち一組になりさうなことは池の中の魚のやうに本能的に感じられるものである。私は照れるやうなこともなく言葉もさう改めず、この旅でも、たゞ身のまはりの世話ぐらゐは少し遠慮を除けてしてあげるぐらゐなものであつた。

私たちは靜岡驛で夜行汽車を降りた。すぐ驛の俥《くるま》を雇つて町中を曳かれて行くと、ほの〴〵明けの靄の中から大きな山葵漬《わさびづけ》の看板や鯛でんぶの看板がのそつと額の上に現はれて來る。旅慣れない私はこゝろの彈《はず》む思ひがあつた。

まだ、戶の閉つてゐる二軒のあべ川餠屋の前を通ると直ぐ川瀨の音に狹霧《さぎり》を立てて安倍川が流れてゐる。轍《わだち》に踏まれて躍る橋板の上を曳かれて行くと、夜行で寢不足の瞼《まぶた》が涼しく拭はれる氣持がする。

町ともつかず村ともつかない鄙《ひな》びた家並がある。こゝは重衡《しげひら》の東下りのとき、鎌倉で重衡に愛された遊女千手《せんて》の前《まへ》の生れた手越《てこし》の里だといふ。重衡斬られて後、千手は尼となつて善光寺に入り、歿したときは二十四歳。かういふ由緒《ゆゐしよ》を簡單に、主人は前の俥から話し送つて呉れる。さういへば山門を向き合つて雙方、名灸所《めいきうしよ》と札をかけてゐる寺など何となく古雅なものに見られるやうな氣がして來た私は、氣を利かして距離を縮めてゆる〳〵走つて呉れる俥の上から訊く。

「むかしの遊女はよく貞操的な戀愛をしたんですわね」

「みんなが、みんなさうでもあるまいが、――その時分に貴賓《きひん》の前に出るやうな遊女になると相當生活の獨立性が保てたし、一つは年齡の若い遊女にさういふロマンスが多いですね」

「ぢや、千手もまだ重衡の薄倖な運命に同情できるみづ〳〵しい情緒のある年頃だつたといふわけね」

「それにね、當時の鎌倉といふものは新興都市には違ひないが、何といつても田舍で文化に就ては何かと京都をあこがれてゐる。三代實朝時代になつてもまだそんなふうだつたから、この時代の鎌倉の千手の前が都會風の洗煉された若い公達《きんだち》に會つて參つたのだらうし、多少はさういふ公達を戀の目標にすることに自分自身誇りを感じたのぢやないでせうか」

私はもう一度、何となく手越の里を振返つた。

私と主人はかういふ情愛に關する話はお互ひの間は勿論、現代の出來事を話題としても決して話したことはない。さういふことに觸れるのは私たちのやうな好古家の古典的な家庭の空氣を吸つて來たものに取つて、生々しくて、或る程度の嫌味にさへ感じた。たゞ歷史の事柄を通しては、かういふ風にたまには語り合ふことはあつた。それが二人の間に幾らか溫かい親しみを感じさせた。

如何にも街道といふ感じのする古木の松並木が續く。それが盡きるとぱつと明るくなつて、丸い丘が幾つも在る間の開けた田畑の中の道を俥は速力を出した。小さい流れに板橋の架かつてゐる橋のたもとの右側に茶店風の藁屋の前で俥は梶棒を卸した。

「はい。丸子へ參りました」

なるほど障子に名物とろゝ汁、と書いてある。

「腹が減つたでせう。ちよつと待つてらつしやい」

さういつて主人は障子を開けて中へ入つた。

それは多分、四月も末か、五月に入つたとしたら、まだいくらも經たない時分と記憶する。

靜岡邊は暖かいからといふので私は薄着の綿入れで寫生帳とコートは手に持つてゐた。そこら邊りにやしほの花が鮮に咲き、丸味のある丘には一面茶の木が鶯餅を並べたやうに萌黄《もえぎ》の新芽で裝はれ、大氣の中にまでほの〴〵とした匂ひを漂はしてゐた。

私たちは奧座敷といつても奈良漬色の疊にがた〳〵障子の嵌《はま》つてゐる部屋で永い間、とろゝ汁が出來るのを待たされた。少し細目に開けた障子の隙間から畑を越して平凡な裏山が覗かれる。老鶯が鳴く。丸子の宿の名物とろゝ汁の店といつてももうそれを食べる人は少ないので、店はたゞの腰掛け飯屋になつてゐるらしく耕地測量の一行らしい器械を携へた三、四名と、表に馬を繋いだ馬子とが、消し殘しの朝の電燈の下で高笑ひを混へながら食事をしてゐる。

主人は私に退屈させまいとして懷から東海道分間《ぶんま》圖繪を出して頁をへぐつて説明して呉れたりした。地圖と鳥瞰圖の合の子のやうなもので、平面的に書き込んである里程や距離を胸に入れながら、自分の立つ位置から右に左に見ゆる見當のまゝ、山や神社佛閣や城が、およその見ゆる形に側面の略圖を描いてある。勿論、改良美濃紙の複刻本であつたが、原圖の菱川師宣《もろのぶ》のあの暢《ちやう》艶《えん》で素雅な趣はちらりく味へた。しかし、自然の實感といふものは全くなかつた。

「昔の人間は必要から直接に發明したから、こんな便利で面白いものが出來たんですね。つまり觀念的な理窟に義理立てしなかつたから――今でもかういふものを作つたら便利だと思ふんだが」

はじめ、かなり私への心遣ひで話しかけてゐるつもりでも、いつの間にか自分獨りだけで古典思慕に入り込んだ獨り言になつてゐる。好古家の學者に有り勝ちなこの癖を始終私は父に見てゐるのであまり怪しまなかつたけれども、二人で始めての旅で、殊にかういふ場所で待たされつゝあるときの相手の態度としては、寂しいものがあつた。私は氣を紛らす爲めに障子を少し開けひろげた。

午前の陽は流石《さすが》に眩しく美しかつた。老婢が「とろゝ汁が出來ました」と運んで來た。別に變つた作り方でもなかつたが、炊き立ての麥飯の香ばしい湯氣に神仙の土のやうな匂ひのする自然《じねん》薯《じよ》は落ち附いたおいしさがあつた。私は香りを消さぬやうに藥味の青海苔を撒《ふ》らずに椀を重ねた。

主人は給仕をする老婢に「皆川老人は」「ふじのや連は」「歯磨き屋は」「彦七は」と妙なことを訊き出した。老婢はそれに對して、消息を知つてゐるのもあるし知らないのもあつた。話の樣子では、この街道を通りつけの諸職業の旅人であるらしかつた。主人が「作樂井《さくらゐ》さんは」と訊くと

「あら、いま、さきがた、この前を通つて行かれました。あなた等も峠へかゝられるなら、どこかでお逢ひになりませう」

と答へた。主人は

「峠へかゝるにはかゝるが、廻り道をするから——なに、それに別に會ひ度いといふわけでもないし」

と話を打ち切つた。

私たちが店を出るときに、主人は私に「この東海道には東海道人種とでも名附くべき面白い人間が澤山ゐるんですよ」と説明を補足した。

細道の左右に叢々たる竹藪が多くなつて、やがて二つの小峯が目近く聳え出した。天柱山に吐《と》月峰《げっぽう》といふのだと主人が説明した。私の父は潔癖家で、毎朝、自分の使ふ莨盆《たばこぼん》の灰吹を私に掃除させるのに、灰吹の筒の口に素地《きぢ》の目が新しく肌を現はすまで砥石《といし》の裏に何度も水を流しては擦らせた。朝の早い父親は、私が眠い眼を我慢して砥石で擦つて持つて行く灰吹を、座敷に坐り煙管《きせる》を膝に構へたまゝ、默つて待つてゐる。私は氣が氣でなく急いで持つて行くと、父は眉を皺めて、私に戻す。私はまた擦り直す。その時逆にした灰吹の口の近く指に當るところに磨滅した烙印《やきいん》で吐月峰と捺《お》してあるのがいつも眼についた。春の陽ざしが麗《うら》らかに擴がつた空のやうな色をした竹の皮膚にのんきに据つてゐるこの意味の判らない書體を不機嫌な私は憎らしく思つた。

灰吹の口が綺麗に擦れて父の氣に入つたときは、父は有難うと言つてそれを莨盆にさし込み、煙草を燻《くゆ》らしながら言つた。

「おかげでおいしい朝の煙草が一服吸へる」

父はそこで私に珍らしく微笑みかけるのであつた。

母の歿したのちは男の手一つで女中や婆あやや書生を使ひ、私を育てて來た父には生甲斐として考證詮索の樂しみ以外には無いやうに見えたが、やはり寂しいらしかつた。だが、情愛の發露の道を知らない昔人はどうにも仕方なかつたらしい。掃き淨めた朝の座敷で幽寂閑雅な氣分に浸る。それが唯一の自分の心を開く道で、この機會に於てのみ娘に對しても素直な愛情を示す微笑も洩らした。私は物ごころついてから父を憐れなものに思ひ出して來て、出來るだけ灰吹を綺麗に掃除してあげることに努めた。そして灰吹に烙印《やきしるし》してある吐月峰といふ文字にも、何かさういつた憐れな人間の息抜きをする意味のものが含まれてゐるのではないかと思ふやうになつた。

父は私と主人との結婚話が決まると、その日から灰吹掃除を書生に代つてやらせた。私は物足らなく感じて「してあげますわ」と言つても「まあいゝ」と言つてどうしてもやらせなかつた。參考の寫生も縮寫もやらせなくなつた。恐らく、娘はもう養子のものと讓つた氣持ちからであらう。私は昔風な父のあまりに律儀な意地强さにちよつと暗涙を催したのであつた。

まはりの圓味がかつた平凡な地形に對して天柱山と吐月峰は突兀《とつこつ》として秀でてゐる。けれども矗《ちよく》とか峻《しゆん》とかいふ峙《そばだ》ちやうではなく、どこまでも撫で肩の柔かい線である。この不自然さが二峰を人工の庭の山のやうに見せ、その下のところに在る藁葺《わらぶき》の草堂諸共、一幅《いつぷく》の繪になつて段々近づいて來る。

柴の門を入ると瀟洒とした庭があつて、寺と茶室を折衷したやうな家の入口にさびた聯がかゝつてゐる。聯の句は

幾若葉はやし初の園の竹
山櫻思ふ色添ふ霞かな

主人は案内を知つてゐると見え、柴折戸《しをりど》を開けて中庭へ私を導き、そこから聲をかけながら庵の中に入つた。一室には灰吹を造りつゝある道具や竹材が散らばつてゐるだけで人はゐなかつた。主人は關《かま》はず中へ通り、棚に並べてある寶物に向つて、私にこれを寫しとき給へと命じた。それは一休の持つたといふ鐵鉢と、頓阿彌の作つたといふ人丸の木像であつた。

私が、矢立《やたて》の筆を動かしてゐると、主人はそこらに轉がつてゐた出來損じの新らしい灰吹を持つて來て巻煙草を燻《くゆ》らしながら、ぽつ〳〵話をする。

この庵の創始者の宗長は、連歌《れんが》は宗祇《そうぎ》の弟子で禪は一休に學んだといふが、連歌師としての方が有名である。もと、これから三つ上の宿の島田の生れなので、晩年、齋藤加賀守の庇《ひ》護を受け、京から東に移つた。そしてこゝに住みついた。庭は銀閣寺のものを小規模ながら寫してあるといつた。

「室町も末になつて、亂世の間に連歌なんといふ閑文字が弄《もてあそ》ばれたといふことも面白いことで

すが、これが東國の武士の間に流行《はや》つたのは妙ですよ。都から連歌師が下つて來ると、最寄々々《もよりもより》の城から招いて連歌一座所望《しよまう》したいとか、發句《ほつく》一首ぜひとか、而もそれがあす合戰に出かける前日に城内から所望されたなどといふ連歌師の書いた旅行記がありますよ。日本人は風雅に對して何か特別の魂を持つてるんぢやないかな」

連歌師の中にはまた職掌を利用して京都方面から關東へのスパイや連絡係を勤めたものもあつたといふから幾分その方の用事もあつたには違ひないが、太田道灌《おほただうくわん》はじめ東國の城主たちは熱心な風雅擁護者で、從つて東海道の風物はかなり連歌師の文章で當時の狀況が遺されてゐると主人は語つた。

私はそれよりも宗長といふ連歌師が東國の廣漠たる自然の中に下つてもなほ廢殘の京都の文化を忘れ兼ね、やつとこの上方の自然に似た二つの小峰を見つけ出してその蔭に小さな蝸牛のやうな生活を營んだことを考へてみた。少女の未練のやうなものを感じていぢらしかつた。で、立去り際にもう一度、銀閣寺うつしといふ庭から天柱、吐月の二峰をよく眺め上げようと思つた。

主人は新らしい灰吹の中へなにがしかの志の金を入れて、工作部屋の入口の敷居に置き

「萬事灰吹で間に合せて行く。これが禪とか風雅とかいふものかな」

と言つて笑つた。

「さあ、これからが宇津《うつ》の谷峠《や》。業平《なりひら》の、駿河《するが》なるうつの山邊のうつゝにも夢にも人にあはぬなりけり、あの昔の宇都の山ですね。登りは少し骨が折れませう。持ちものはこつちへお出しなさい。持つてあげますから」

鐵道の隧道《トンネル》が通つてゐて、折柄、通りかゝつた汽車に一度現代の煙を吐きかけられた以後は、全く時代とは絶縁された峠の舊道である。左右から木立の茂つた山の崖裾の間をくねつて通つて行く道は、とき〴〵梢の葉の密閉を受け、行手が小暗くなる。さういふところへ來ると空氣はひやりとして、右側に趨《はし》つてゐる瀬川の音が急に音を高めて來る。何とも知れない鳥の聲が、瀬戸物の破片を擦り合すやうな鋭い叫聲を立ててゐる。

私は芝居で見る默阿彌作の「蔦紅葉宇都谷峠《つたもみぢうつのやたうげ》」のあの文彌殺しの場面を憶ひ起して、婚約中の男女の初旅にしては主人はあまりに甘くない舞臺を選んだものだと私は少し脅《おび》えながら主人のあとについて行つた。

主人はとき〴〵立停まつて「これ、どきなさい」と洋傘で彈《は》ねてゐる。大きな蟇《がま》が横腹の邊に朽葉を貼りつけて眼の先に蹲《うづくま》つてゐる。私は脅えの中にも主人がこの舊峠道にかゝつてから別人のやうに快活になつて顏も生々して來たのに氣附かないわけには行かなかつた。洋傘を振り腕を擴げて手に觸れる熊笹を毟《むし》つて行く。それは少年のやうな身輕さでもあり、自分の持地に入つた園主のやうな氣儘さでもある。そしてとき〴〵私に

「いゝでせう、東海道は」

と同感を強ひた。私は

「まあね」と答へるより仕方がなかつた。

ふと、私は古典に浸る人間には、どこかその中からロマンチックのものを求める本能があるのではあるまいかなど考へた。あんまり突如として入つた別天地に私は草臥《くた》ぶれるのも忘れて、た

ゞせつせと主人について歩いて行くうちどのくらゐたつたか、こゝが峠だといふ展望のある平地へ出て、家が二、三軒ある。

「十團子《とをだんご》も小粒になりぬ秋の風といふ許六《きよろく》の句にあるその十團子を、もとこの邊で賣つてたのだが」

主人はさう言ひながら、一軒の駄菓子ものを並べて草鞋《わらぢ》など吊つてある店元へ私を休ませた。私たちがおかみさんの運んで來た澁茶を飮んでゐると、古障子を開けて呉絽《ごろ》の羽織を着た中老の男が出て來て聲をかけた。

「いよう、珍らしいところで逢つた」

「や、作樂井《さくらゐ》さんか、まだこの邊にゐたのかね。もつとも、さつき丸子では峠《たうげ》にかゝつてゐるとは聞いたが」

と主人は應《こた》へる。

「坂の途中で、江尻へ忘れて來た仕事のこと思ひ出してさ。歸らなきやなるまい。いま、奥で一ぱい飮みながら考へてゐたところさ」

中老の男はじろ〳〵私を見るので主人は正直に私の身元を紹介した。中老の男は私には丁寧に「自分も繪の端くれを描きますが、いや、その他、何やかや八百屋でして」

男はちよつと軒端から空を見上げたが

「どうだ、日もまだ丁度ぐらゐだ。奥で僕と一ぱいやつてかんかね。晝飯も食うてつたらどうです」

と案内顔に奧へ入りかけた。主人は青年ながら家で父と晩酌を飲む口なので、私の顔をちよつと見た。私は作樂井といふこの男の人なつかしさうな眼元を見ると、反對するのが惡いやうな氣がしたので

「私は構ひませんわ」と言つた。

粗壁《あらかべ》の田舍家の奧座敷で主人と中老の男の盃の獻酬《けんしう》がはじまる。裏の障子を開けた外は重なつた峰の岨《そば》が見開きになつて、その間から遠州の平野が見晴せるのだらうが、濃い霞が澱んでかゝり、金色にやゝ透《す》けてゐるのは菜の花畑らしい。覗きに來る子供を叱りながらおかみさんが斡旋《あつせん》する。私はどこまで舊時代の底に沈ませられて行くか多少の不安と同時に、これより落着きやうもない靜な氣分に魅せられて、傍で茹《ゆ》で卵など剝いてゐた。

「この間、島田で、大井川の川越しに使つた蓮臺《れんだい》を持つてる家を見附けた。あんたに逢つたら敎へて上げようと思つて――」

それから、酒店のしるしとして古風に杉の玉を軒に吊つてゐる家が、まだ一軒石部《いしべ》の宿に殘つてゐることやら、お伊勢參りの風俗や道中唄なら關の宿の古老に賴めば知つてゐて敎へて吳れることだの、主人の研究の資料になりさうなことを助言してゐたが、私の退屈にも氣を配つたと見え

「奧さん、この東海道といふところは一度や二度來てみるのは珍らしくて目保養にもなつていゝですが、うつかり嵌《はま》り込んだら拔けられませんぜ。氣をつけなさいまし」

嵌り込んだら最後、まるで飴にかゝつた蟻のやうになるのであると言つた。「さう言つちや惡

いが、御主人なぞもだいぶ足を粘り取られてる方だが」

酒は好きだがさう強くはない性質らしく、男は赭《あか》い顔に何となく感情を流露さす聲になつた。

「この東海道といふものは山や川や海がうまく配置され、それに宿《しゆく》々がいゝ工合な距離に在つて、景色からいつても旅の面白味からいつても滅多に無い道筋だと思ふのですが、しかしそれより自分は五十三次が出來た慶長頃から、つまり二百七十年ばかりの間に幾百萬人の通つた人間が、旅といふもので嘗《な》める寂しみや幾らかの氣散じや、さういつたものが街道の土にも松並木にも宿々の家にも浸み込んでゐるものがある。その味が自分たちのやうな、情味に脆《もろ》い性質の人間を痺《しび》らせるのだらうと思ひますよ」

强ひて同感を求めるやうな語氣でもないから、私は何とも返事しやうがない氣持ちをたゞ微笑に現はして頷《うなづ》いてだけゐた。すると作樂井は獨り感に入つたやうに首を振つて
「御主人は、よく知つてらつしやるが、考へてみれば自分なぞは――」

と言つて、身の上話を始めるのであつた。

家は小田原在に在る穀物商で、妻も娶《めと》り兄妹三、四人の子供もできたのだが、三十四の歳にふと商用で東海道へ足を踏み出したのが病みつきであつた。それから、家に腰が落着かなくなつた。こゝの宿を朝立ちして、晩はあの宿に着かう。その間の孤獨で動いて行く氣持ち、前に發つた宿には生涯二度と戻るときはなく、行き着く先の宿は自分の目的の唯一のものに思はれる。およそ旅といふものにはかうした氣持ちは附きものだが、この東海道ほどその感を深くさせる道筋はないと言ふのである。それは何度通つても新らしい風物と新らしい感慨にいつも自分を浸すのであ

つた。こゝから東の方だけ言つても
程ヶ谷と戸塚の間の燒餅坂に權太坂
箱根舊街道
鈴川、松並木の左富士
この宇津の谷
かういふ場所は殊にしみ〴〵させる。西の方には尙多いと言つた。
それに不思議なことはこの東海道には、京へ上るといふ目的意識が今もつて旅人に働き、泊り重ねて大津へ着くまでは緊張してゐて常にうれしいものである。だが、大津へ着いたときには力が落ちる。自分たちのやうな用事もないものが京都へ上つたとて何にならう。
そこで、また、汽車で品川へ戻り、そこから道中双六《だうちゆうすごろく》のやうに一足々々、上りに向つて足を踏み出すのである。何の爲めに？　目的を持つ爲めに。これを近頃の言葉では何といふのでせうか。憧憬、なるほど、その憧憬を作る爲めに。
自分が再々家を空けるので、妻は愛想を盡かしたのも無理はない。妻は子供を連れたまゝ實家へ引取つた。實家は熱田附近だがさう困る家でもないので、心配はしないやうなものの、流石《さすが》にときどきは子供に學費ぐらゐは送つてやらなければならぬ。
作樂井は器用な男だつたので、表具やちよつとした建具左官の仕事は出來る。自分で襖を張り替へてそれに書や畫もかく。こんなことを生業《せいげふ》として宿々に知り合ひが出來るとなほこの街道から脱けられなくなり、家を離散さしてから二十年近くも東海道を住家として上り下りしてゐると語つた。

「かういふ人間は私一人ぢやありませんよ。お仲間がだいぶありますね」

やがて

「これから大井川あたりまでご一緒に連れ立つて、奥さんを案内してあげたいんだが何しろ忘れて來た用事といふのが壁の仕事でね、乾き工合もあるので、これから歸りませう。まあ、御主人がついてらつしやれば、たいがいの樣子はご存じですから」

私たちは簡單な食事をしたのち、作樂井と西と東に訣《わか》れた。暗い隧道《トンネル》がどこかに在つたやうに思ふ。

私たちはそれから峠を下つた。軒の幅の廣い背の低い家が並んでゐる岡部の宿へ出た。茶どきと見え青い茶が乾してあつたり、茶師の赤銅色の裸體が燻《くす》んだ色の町に目立つてゐた。私たちは藤枝《ふぢえだ》の宿で、熊谷蓮生坊《れんしやうぼう》が念佛を抵當に入れたといふその相手の長者の邸跡が今は水田になつてゐて、早苗がやさしく風に吹かれてゐるのを見に寄つたり、島田では作樂井の教へて呉れた川越しの蓮臺《れんだい》を藏してゐる家を尋ねて、それを寫生したりして、大井川の堤に出た。見晴らす廣漠とした河原に石と砂との無限の展望。初夏の明るい陽射しも消し盡せぬ人間の憂愁の數々に思はれる。堤が一髮を横たへたやうに見える。こゝで名代《なだい》なのは朝顔眼あきの松で、二本になつてゐる。私たちはその夜、島田から汽車で東京へ歸つた。

結婚後も主人は度々東海道へ出向いた中に私も二度ほど連れて行つて貰つた。

もうその時は私も形振《なりふり》は關はず、たゞ燻《くす》んでひやりと冷たいあの街道の空氣に浸り度い心が急《せ》いた。私も街道に取憑《とりつ》かれたのであらうか。そんなに寂れてゐながらあの街道には、蔭に賑やかなものが潜んでゐるやうにも感じられた。

一度は藤川から出發し岡崎で藤吉郎の矢矧《やはぎ》の橋を見物し、池鯉鮒《ちりふ》の町はづれに在る八つ橋の古趾を探ねようといふのであつた。大根の花も莢《さや》になつてゐる時分であつた。

そこはやゝ濕地がかつた平野で、田圃《たんぼ》と多少の高低のある澤地がだるく入り混つてゐた。畦川《あぜかは》が流れてゐて、濁つた水に一ひらの板橋がかゝつてゐた。悲しいくらゐ周圍は眼を遮《さへぎ》るものもない。土地より高く河が流れてゐるらしく、やゝ高い堤の上に點を打つたやうに枝葉を刈り込まれた松並木が見えるだけであつた。「こゝを寫生しとき給へ」と主人が言ふので、私は矢立を取出したが、標本的の畫ばかり描いてゐる私にはこの自然も蒔繪《まきゑ》の模樣のやうにしか寫されないので途中で止めてしまつた。

三河と美濃の國境だといふ境橋を渡つて、道はだん〳〵丘陵の間に入り、この邊が桶狭間《をけはざま》の古戰場だといふ田圃みちを通つた。戰場にしては案外狹く感じた。

鳴海《なるみ》はもう名物の絞《しぼ》りを賣つてゐる店は一、二軒しかない。並んでゐる邸宅風の家々はむかし鳴海絞《なるみしぼ》りを賣つて儲けた家だと俥夫が言つた。池鯉鮒《ちりふ》よりで氣の附いたことには、家の造りが破《は》風《ふ》を前にして東京育ちの私には横を前にして建ててあるやうに見えた。主人は

「この邊から伊勢造りになるんです」

と言つた。その日私たちは熱田から東京に歸つた。

木枯しの身は竹齋《ちくさい》に似たるかな

十一月も末だつたので主人は東京を出がけに、こんな句を口誦《くちずさ》んだ。それは何ですと私が訊くと

「東海道遍歴體小說の古いものの一つに竹齋物語といふのがあるんだよ。竹齋といふのは小說の主人公の藪醫者の名さ。それを芭蕉が使つて吟じたのだな。確か芭蕉だと思つた」

「では私たちは男竹齋に女竹齋ですか」

「まあ、そんなところだらう」

私たちの結婚も昂揚時代といふものを見ないで、平々淡々の夫妻生活に入つてゐた。父はこのときもう死んでゐた。

そのときの目的は鈴鹿《すゞか》を越してみようといふことであつた。龜山まで汽車で來て、それから例の通り俥に乘つた。枯桑の中に石垣の膚を聳え立たしてゐる龜山の城。關のさびれた町に入つて主人は作樂井が昨年話して吳れた古老を尋ね、話を聞きながらそこに持ち合せてゐる伊勢詣りの淺黄の脚絆や道中差しなど私に寫生させた。福藏寺に小まんの墓。

關の小まんが米かす音は
一里聞えて二里響く

仇打の志があつた美女の小まんはまた大力でもあつたのでかういふ唄が殘つてゐるといつた。

關の地藏尊に詣でて、私たちは峠にかゝつた。

滿目肅殺《しゆくさつ》の氣に充ちて旅のうら寂しさが骨身に徹《とほ》る。

「あれが野猿《やゑん》の聲だ」

主人はにこ〱して私に耳を傾けさした。私はまたしてもかういふところへ來ると生々して來る主人を見て浦山《うらやま》しくなつた。

「ありたけの魂をすつかり投げ出して、どうでもして下さいと言ひたくなるやうな寂しさですね」

「この底に、ある力強いものがあるんだが、まあ君は女だからね」

小唄に殘つてゐる間《あひ》の土山《つちやま》へひよつこり出る。屋根附の中風藥の金看板なぞ見える小さな町だが、今までの寒山枯木に對して、血の通ふ人間に逢ふ歡びは覺える。

風が鳴つてゐる三上山の麓《ふもと》を車行して、水無口《みなくち》から石部の宿を通る。なるほど此處の酒店で、作樂井が言つたやうに杉の葉を玉に丸めてその下に旗を下げた看板を軒先に出してゐる家がある。主人は仰いで「はあ、これが酒店のしるしだな」と言つた。

琵琶湖の水が高い河になつて流れる下を隧道《トンネル》に掘つて通つてゐる道を過ぎて私たちは草津のうばが餅屋に驅け込んだ。硝子戸の中は茶釜をかけた竈《かまど》の火で暖かく、窓の色硝子の光線をうけて鉢の金魚は鱗《うろこ》を七彩《なゝいろ》に閃《ひら》めかしながら泳いでゐる。外を覗いてみると比良も比叡も遠く雪雲を冠つてゐる。

「この次は大津、次は京都で、作樂井に言はせると、もう東海道でも上りの憧憬の力が弱まつてゐる宿々だ」

主人は餅を食べながら笑つて言つた。私は

「作樂井さんは、この頃でも何處かを歩いてらつしやるでせうか、かういふ寒空にも」

と言つて、漂浪者の身の上を想つてみた。

それから二十年餘り經つ。私は主人と一緒に名古屋へ行つた。主人はそこに出來た博物館の頼まれ仕事で。私はまた、そこの學校へ赴任してゐる主人の弟子の若い教師の新家庭を見舞ふために。

その後の私たちの經過を述べると極めて平凡なものであつた。主人は大學を出ると美術工藝學校やその他二、三の勤め先が出來た上、類の少ない學問筋なので何やかや世間から相談をかけられることも多く、忙しいまゝ、東海道行きは、間もなく中絶してしまつた。たゞとき〴〵小夜《さよ》の中山を越して日坂《につさか》の蕨餅《わらびもち》を食つてみたいとか、御油《ごゆ》、赤坂の間の松並木の街道を歩いてみたいとか、譫言《うはごと》のやうに言つてゐたが、その度もだん〳〵少なくなつて、最近では東海道にいくらか縁のあるのは何か手の込んだ調べものがあると、蒲郡《がまごほり》の旅館へ一週間か十日行つて、その間、必要品を整へるため急いで豐橋へ出てみるぐらゐなものである。

私はまた、子供たちも出來てしまつてからは、それどころの話でなく、標本の寫生も、別に女子美術出の人を雇つて貰つて、私はすつかり主婦の役に髮を振り亂してしまつた。たゞ私が今も残念に思つてゐることは、繪は寫すことばかりして、自分の思つたことが描けなかつたことである。子供の中の一人で音樂好きの男の子があるのを幸ひに、これを作曲家に仕立てて、優劣は別としても兎に角、自分の胸から出るものを思ふまゝ表現できる人間を一人作り度いと骨折つてゐるのである。

さてそんなことで、主人も私も東海道のことはすつかり忘れ果て、二人ともめいめいの用向きに沒頭して、名古屋での仕事もほゞ片附いた晩に私たちはホテルの部屋で番茶を取り寄せながら雜談してゐた。するとふと主人は、こんなことを言ひ出した。

「どうだ、二人で旅へ出ることも滅多にない。一日歸りを延して久し振りにどつか近くの東海道でも歩いてみようぢやないか」

私は、はじめ何をこの忙しい中に主人が言ふのかと問題にしないつもりでゐたが、考へてみると、もうこの先、いつの日に、いつまた來られる旅かと思ふと、主人の言葉に動かされて來た。

「さうですね。ぢや、まあ、ほんとに久し振りに行つてみませうか」

と答へた。さう言ひかけてゐると私は初戀の話をするやうに身の內の熱くなるのを感じて來た。初戀もない身で、初戀の場所でもないところの想ひ出に向つて、それは妙であつた。私たちは翌朝汽車で桑名へ向ふことにした。

朝、ホテルを出發しようとすると、主人に訪問客があつた。小松といふ名刺を見て主人は心當りがないらしく、ボーイにもう一度身元を聞かせた。するとボーイは

「何でもむかし東海道でよくお目にかゝつた作樂井の息子と言へばお判りでせうと仰つしやいますが」

主人は部屋へ通すやうに命じて私に言つた。

「おい、むかしあの宇津で君も會つたらう。あの作樂井の息子ださうだ。苗字は違つてゐるがね」

入つて來たのは洋服の服裝をきちんとした壯年の紳士であつた。私は殆ど忘れて思ひ出せなかつたが、あの作樂井氏の人懷つこい眼元がこの紳士にもあるやうな氣がした。紳士は丁寧に禮をして、自分がこの土地の鐵道關係の會社に勤めて技師をしてゐるといふことから、昨晩、倶樂部へ行つてふと、亡父が死前に始終その名を口にしてゐたその人が先頃からこの地へ來てNホテルに泊つてゐることを聽いたので、早速訪ねて來た顚末《てんまつ》を簡潔に述べた。小松といふのは母方の實家の姓だと言つた。彼は次男なので、その方に子が無いまゝ實家の後を嗣《つ》いだのであつた。

「すると作樂井さんは、もうお歿《な》くなりになりましたか。それは〳〵。だが、年齡から言つてもだいぶにおなりだつたでせうからな」

「はあ、生きてをれば七十を越えますが、一昨年歿くなりました。七、八年前まで元氣でをりまして、相變らず東海道を往來してをりましたが、神經痛が出ましたので流石の父も、我を折つて私の家へ落着きました」

小松技師の家は熱田《あつた》に近い處に在つた。そこからは腰の痛みの輕い日は、杖に縋《すが》りながらでも、笠寺觀音から、あの附近に斷續して殘つてゐる低い家並に松株が挾まつてゐる舊街道の面影を尋ねて歩いた。これが作樂井をして小田原から横濱市へ移住した長男の家にかゝるよりも熱田住みの次男の家へかゝらしめた理由なのであつた。

「私もとき〴〵父に附添つて歩くうちに、どうやら東海道の面白味を覺えました。この頃は休暇毎には必ず道筋のどこかへ出かけるやうにしてをります」

小松技師は作樂井氏に就ていろ〳〵のことを話した。作樂井氏も晩年には東海道ではちよつと名の賣れた畫家になつて表具や建具仕事はしなくなつたことや、私の主人に、まだその後街道筋で見附けた參考になりさうな事物を敎へようとて作樂井氏が帳面につけたものがあるから、それをいづれは東京の方へ送り屆けようといふことや、作樂井氏の腰の神經痛がひどくなつて床についてから同じ街道の漂泊人仲間を追憶したが、遂に終りをよくしたものが無い中にも、私の主人だけは狡《ずる》くて、途中に街道から足を拔いたため、珍らしく出世したと述懷してゐたことやを述べて主人を散々に苦笑させた。話はつい永くなつて十時頃になつてしまつた。

小松技師は歸りしなに、少し改つて

「實はお願ひがあつて參りましたのですが」

と言つて、暫く默つてゐたが、主人が氣さくな顏をして應《う》けてゐるのを見て安心して言つた。

「私もいさゝかこの東海道を研究してみましたのですが、御承知の通り、こんなに自然の變化も都會や宿村の生活も、名所や舊蹟も、うまく配合されてゐる道筋はあまり他にはないと思ふのです。で、もしこれに手を加へて遺すべきものは遺し、新しく加ふべき利便はこれを加へたなら、將來、見事な日本の一大觀光道筋にならうと思ひます。この仕事はどうも私には荷が勝つた仕事ですが、いづれ勤先とも話がつきましたら專心この計畫にかゝつて私の生涯の事業にしたいと思ひますので」

その節は、亡父の誼《よし》みもあり、東海道愛好者としても呉々も一臂《いっぴ》の力を添へるやう主人に今から賴んで置くといふのであつた。

主人が「及ばずながら」と引受けると、人懷つこい眼を輝かしながら頻りに感謝の言葉を述べるのであつた。そして、これから私たちの行先が桑名見物といふのを聞取つて

「あすこなら、私よく存じてゐる者もをりますから、御便宜になるやう直ぐ電話で申送つて置きませう」

と言つて歸つて行つた。

小松技師が歸つたあと、しばらく腕組をして考へてゐた主人は、私に言つた。

「憧憬といふ中身は變らないが、親と子とはその求め方の方法が違つて來るね。やつぱり時代だね」

主人のこの言葉によつて私は、二十何年か前、作樂井氏が常に希望を持つ爲めに、憧憬を新らしくする爲めに東海道を大津まで上つては、また、發足點へ戻つてこれを繰返すといふ話を思ひ出した。私は

「やつぱり血筋ですかね。それとも人間はそんなものでせうか」

と、言つた。

汽車の窓から伊勢路の山々が見え出した。冬近い野は農家の軒のまはりにも、田の畦《あぜ》にも大根が一ぱい干されてゐる。空は玻璃《はり》のやうに澄み切つて陽は照つてゐる。

私は身體を車體に搖られながら自分のやうな平凡に過した半生の中にも二十年となれば何かその中に、大まかに脈をうつものが氣附かれるやうな氣のするのを感じてゐた。それはたいして縁もない他人の脈ともどこかで觸れ合ひながら。私は作樂井とその息子の時代と、私の父と私たちと私たちの息子の時代のことを考へながら急ぐ心もなく桑名に向つてゐた。主人は快げに居眠りをしてゐる。少し見え出したつむじの白髮が彈《は》ねて光る。

解説

吉田精一

岡本かの子は明治二十二年 1889 三月、東京青山の幕府の御用商、大和屋《やまとや》の寮に生まれた。本姓は大貫《ぬき》、家は二子玉川在の豪家である。幼時は虚弱のため郷家に歸り、十四歳で、跡見女學校に學んだ。次兄雪之助は晶川と號し、ツルゲエネフの長篇の飜譯があり、また谷崎潤一郎、和辻哲郎などと第二次「新思潮」を起こした一人で、夭逝した秀才である。かの子にも早くから文才の目覺めがあつた。ことに短歌に熱心で、與謝野夫妻の新詩社に加はり、「明星」に歌をのせ、その廢刊後は「スバル」に多くの作品を示して、この派の主要な歌人の一人となつた。新詩社のロマンチシズムは、彼女の性格に適合するところがあつたのであらう。後年の小説の多彩な美文趣味と、華麗な浪漫精神は、早くから彼女の内に根を下ろしたものだつたのである。

明治四十三年、數へ年二十二歳で畫學生岡本一平と結婚、翌年一子太郎をあげた。大正五年頃より佛教に歸依した。短歌の方面では「かろきねたみ」(大正元年)「愛のなやみ」(大正七年)「浴身」(大正十四年)等の歌集を出し、女流歌人としての地歩を占めた。一方佛教についての短文感想集「散華抄」を昭和四年出版した。この年十二月四十一歳の彼女は「わが最終歌集」を出版すると共に、「稍完成しかかつた私を解體」することによつて生涯の一轉期を期し、一平・太郎と共に、外遊に出立して、昭和七年六月歸國した。足かけ四年のこの外遊は彼女の人間性にも一變化を與へたものといはれる。「外遊が薬に利いたのか大體は晩稲《おくて》のかの女がこの機會に蕾を破つたのか、兎に角外遊以前とは別人の觀がある」と夫岡本一平は記してゐる。

すでに大正八年から小說の創作に志があつた彼女は、「文學界」が創刊されるに及び、その資金面を助けた關係から、昭和十年十月「上田秋成の晩年」を同誌に發表した。これは不評だつたが、翌十一年六月、芥川龍之介をモデルにした「鶴は病みき」をのせて、作品としては香ばしくなかつたにもかゝはらず、題材の點で注目をひき、これによつて文壇にデビューすることになつた。次いで出した「渾沌未分」(同年九月)は、女主人公の環境・性格・容貌、偏食など、彼女自身を移入したおもむきが强い。年若い男に對する肉感的な愛情をもつて、「渾沌未分」の白濁の世界にわけ入るといふ筋にしても、以後の小說の特色を、萌芽の形でたくはへてゐると見得るのである。

それ以後の彼女の成長の早さは、人々の眼を見張らせた。「鶴は病みき」を書いたのは數へ年四十八歲、そして彼女の死は昭和十四年五十一歲の二月であるから、その創作期間はまるまる三ヶ年である。この短かい期間に、彼女はおどろくべき多量の、そして豪奢な作品をぞくぞくと產んだ。

といふことは、彼女が書き初めてから成長したのではなく、成長してから書きはじめたことを意味する。人間としては思想上、感情上、一定の深くひろい基盤はすでに出來てゐた。あとは、たゞそのもつてゐるものを整理し案配する技巧のみを手に入れればよかつたのである。

即ち「母子抒情」（十二年三月）に於いて一代表作を得たのち、「花は勁《つよ》し」（同年六月）「金魚繚亂」（同年十月）「やがて五月に」（十三年三月）と獨自の特色ある作品を發表した時、林房雄は「岡本かの子は森鷗外と夏目漱石と同列の作家である。この三人の作家は共に『文壇』の中からは生れなかつた。文化の中から生れた。……この三人の作家は東洋の教養と西洋の文明を渾然と身につけてゐる」（昭和十三年六月「文學界」「日本文學の復活」）と最大級の讚辭を呈して世を驚かした。

しかし彼女の文壇に於ける聲價が定まつたのは、「巴里祭」（十三年七月）「東海道五十三次」（同八月）を經て「老妓抄」（十一月）の發表を待つてであつた。かの子はこの時、夫一平に「もう、大丈夫、パパも安心して」と云つたといふ。

以後「丸の內草話」（十二月）「娘」「鮨」「家靈」（何れも十四年一月）「河明り」（四月）「雛妓」（五月）「生々流轉」（四—十月）が發表されたが、「河明り」以下はすべて死後の遺作としてであつた。彼女はその年二月十八日、突如として死んだ、聲價定まつてわづか三ヶ月、花が咲き誇つた絕頂で、ぽたりと地に散ちたやうな印象である。

さて、この卷にとつた作品を時代的に解說すると、先づ「東海道五十三次」は、靜岡への講演旅行の產物といはれる。彼女は靜岡へは二度講演に行き、一度は作品通り吐月峯の宗長の庵から宇津を越した。別に鈴鹿を步るいて越したこともあつた。

この小說はかの子の古典的な素養と趣味のじつとりと沁みわたつてゐるもので、さうした趣味が單に趣味に終らず、深いところで生命感や、生命をかけての憧憬にむすびついてゐる點に、かの女の作品に共通するある性格が見られる。東海道は伊勢物語や東關紀行、十六夜日記などの昔はいはずとも、竹齋物語以來、或は廣重の五十三次や、一九の膝栗毛によつて、日本人の深い愛着の對象となつてゐる。その街道のなつかしさ、美しさを、現代的に再生し、新しい光をあてたのがこの小説である。

一體にかの子の小説は、きはめて感覺的に豐穰で、いはゞ感性の氾濫によつて、讀者を壓倒し、痲痺させ、陶醉させて行くといふ傾きが強い。短篇ならば「金魚繚亂」長篇ならば「生々流轉」などがその好例で、この感覺の豐富さは、生命力の過剩と見て見られないことはない。だがそれを直接法的にまくし立てる形式では、(それが彼女の作品に多い)そのもとになる事實の觀照や、事實その物の重味、といつても必ずしも客觀的な事實としての重味でなく、作者主觀の內部に於ける重味の意味だが、それが感覺と釣合ひがとれてゐないと、情感の空轉と、誇大妄想の形式が目立つ結果となる。ところが「東海道五十三次」は、事がらそれ自體が十分に重量感をもつてゐる上に、女主人公を傍觀的な地位に立たせたために、作者の憧憬や感情が過不足なく具體化された。

別のことばでいへば、東海道五十三次といふ內容が、作者の空想を一面では支へてたしかなものにし、一面ではその放恣に走るのを制限した。その結果として東海道の歷史地理によせた作者の強い愛情と、五十三次本來の情緒とのかねあひがうまく行き、渾然とした名品となつたといふことである。鄉愁といふ人間性本來の浪漫精神を根に据ゑて、廣重の名作を近代化したといふおもむきである。これを彼女の作品中第二流のものと見る見方(伊藤整)には贊同しがたい。

「老妓抄」は發表當初、非常に評判だつた作品である。末尾に附した歌が先に出來て、作品はすこし遲れたと一平は記してゐるが、即ちその歌が明快にこの小說のテーマを示す所以であらう。柚木といふ發明に志してゐる平凡な青年を、「放膽な飼い方」で世話してゐる老妓の生き方を描いてゐるが、それが單に一女性のスケッチに終つてゐない。空虛な生を見つめつつ、その中に「華やぐいのち」をみたして行かうとする、生の豐滿へのあこがれともいふべきものが強い感銘をあたへる。常にあきらめを知らず、不安をもち、不安を食ふことによつて生命の充實を感じようとする老妓に、作者の見た人間性の深さがある。そして武田麟太郎が激賞したやうに、そのやうな老女の「華やぐいのち」に徹した無爲の心境が、しみじみと一篇の行間を流れ、この作者にありがちな詠歎に落ちず、客觀的にみごとに造型されてゐる。

「東海道五十三次」と「老妓抄」は、恐らくあやまりなくかの子の短篇の二大高峯であらう。「河明り」となると、中・長篇の最高峯といへるかどうかは、人によつて多少の異論があらう。だが岡本文學の特徵を十分にそなへたものとしては、誰もこの作品を代表作の一と數へるに躊躇しないだらう。

龜井勝一郎はかの子の全作品を貫く要素を、家靈の重壓と、女性の性の歎きとに分解した。舊家の家靈の悲しい生命の開顯が、「落日の美學」となり、女性の生理の不如意のなげきが「河性の美學」をもたらしたといふのである。なるほどかの子の小說には「河」が重要な意味と位置を占め、それは彼女の性の祕密の象徵のやうである。「河には無限の乳房のやうな水源があり、末にはまた無限に包容する大海がある。この首尾を持ちつつ、その中間に於ての河なのである。そこれには無限性を藏さなくてはならない筈である」（「河明り」）かういふ河は、女の肉體であるとともに性愛の象徴でもある。

「河明り」はこの河沿ひの家からはじまつて南方の大海に終る道すぢに、戀愛から結婚への人事がからみつき、一方では舊家の因縁と沒落との思想や、女性の男に對してもつ「魅着」や偏愛が語られる。現實的な題材のうらに、妖《あや》しい神祕的思想や、浪漫的感情がひそみ、かの子のすべてが、この一篇にコンデンスされてゐる感じが強い。南方に出かけるあたりがすこし突飛で、その經緯の描寫に飛躍が感じられるところを除けば、さしたる缺陷は見られない。

一體にかの子の特質は長篇にあるべくして、實はそれらには極彩色の美文趣味が勝ち、どこか未完の感じがある。却つて短篇にいくつかの珠玉をのこした。彼女の短篇を評して「高いいのちのあこがれ」があり、それも「細々とした夢のあこがれでなく、あこがれが艶な肉體をほのめかしてゐる」と川端康成は云つたが、この評は彼女のすべての作品にあてはまる。勿論ここにとつた三篇にもあてはまるであらう。「生命の泉から不思議な花が爛漫と咲き出たやうである。この花の根は深いけれども、水中か雲間に誇り咲くやうである」とも川端は云つてゐる。それにつけ加へるなら、この花は狂ひ咲きに似て、いくらか蝕《むしば》み、饐《す》えた香ひも時に放つて、頽《くず》れる一歩手前の濃艶さに似てゐるのである。

河明《かわあか》り・老妓抄《ろうぎしよう》 他一篇

1956年1月9日 第1刷発行
2019年2月7日 第4刷発行

作 者 岡本《おかもと》かの子

発行者 岡本 厚

発行所 株式会社 岩波書店
〒101-8002 東京都千代田区一ツ橋2-5-5

案内 03-5210-4000 営業部 03-5210-4111
文庫編集部 03-5210-4051
http://www.iwanami.co.jp/

印刷・三陽社 カバー・精興社 製本・中永製本

ISBN 4-00-310641-5 Printed in Japan

読書子に寄す

——岩波文庫発刊に際して——

岩波茂雄

真理は万人によって求められることを自ら欲し、芸術は万人によって愛されることを自ら望む。かつては民を愚昧ならしめるために学芸が最も狭き堂宇に閉鎖されたことがあった。今や知識と美とを特権階級の独占より奪い返すことはつねに進取的なる民衆の切実なる要求である。岩波文庫はこの要求に応じそれに励まされて生まれた。それは生命ある不朽の書を少数者の書斎と研究室とより解放して街頭にくまなく立たしめ民衆に伍せしめるであろう。近時大量生産予約出版の流行を見る。その広告宣伝の狂態はしばらくおくも、後代にのこすと誇称する全集がその編集に万全の用意をなしたるか。千古の典籍の翻訳企図に敬虔の態度を欠かざりしか。さらに分売を許さず読者を繋縛して数十冊を強うるがごとき、はたしてその揚言する学芸解放のゆえんなりや。吾人は天下の名士の声に和してこれを推挙するに躊躇するものである。このときにあたって、岩波書店は自己の責務のいよいよ重大なるを思い、従来の方針の徹底を期するため、すでに十数年以前より志して来た計画を慎重審議この際断然実行することにした。吾人は範をかのレクラム文庫にとり、古今東西にわたって文芸・哲学・社会科学・自然科学等種類のいかんを問わず、いやしくも万人の必読すべき真に古典的価値ある書をきわめて簡易なる形式において逐次刊行し、あらゆる人間に須要なる生活向上の資料、生活批判の原理を提供せんと欲する。この文庫は予約出版の方法を排したるがゆえに、読者は自己の欲する時に自己の欲する書物を各個に自由に選択することができる。携帯に便にして価格の低きを最主とするがゆえに、外観を顧みざるも内容に至っては厳選最も力を尽くし、従来の岩波出版物の特色をますます発揮せしめようとする。この計画たるや世間の一時の投機的なるものと異なり、永遠の事業として吾人は微力を傾倒し、あらゆる犠牲を忍んで今後永久に継続発展せしめ、もって文庫の使命を遺憾なく果たさしめることを期する。芸術を愛し知識を求むる士の自ら進んでこの挙に参加し、希望と忠言とを寄せられることは吾人の熱望するところである。その性質上経済的には最も困難多きこの事業にあえて当たらんとする吾人の志を諒として、その達成のため世の読書子とのうるわしき共同を期待する。

昭和二年七月

《日本文学(古典)》〔黄〕

古事記　倉野憲司校注
記紀歌謡集　武田祐吉校註
日本書紀　全五冊　坂本太郎・家永三郎・井上光貞・大野晋校注
万葉集　全五冊　佐竹昭広・山田英雄・工藤力男・大谷雅夫・山崎福之校注
原文万葉集　全二冊　佐竹昭広・山田英雄・工藤力男・大谷雅夫・山崎福之校注
竹取物語　阪倉篤義校訂
伊勢物語　大津有一校注
玉造小町子壮衰書 ―小野小町物語　杤尾武校注
古今和歌集　佐伯梅友校注
土左日記　紀貫之　鈴木知太郎校注
蜻蛉日記　今西祐一郎校注
源氏物語　全九冊(既刊二冊)　柳井滋・室伏信助・大朝雄二・鈴木日出男・藤井貞和・今西祐一郎校注
枕草子　池田亀鑑校訂
和泉式部日記　清水文雄校注
和泉式部集・和泉式部続集　清水文雄校注
更級日記　西下経一校注

今昔物語集　全四冊　池上洵一編
三条西家本栄花物語　全三冊　三条西公正校訂
堤中納言物語　大槻修校注
新訂梁塵秘抄　後白河院撰　佐佐木信綱校訂
西行全歌集　久保田淳・吉野朋美校注
梅沢本古本説話集　川口久雄校訂
後撰和歌集　松田武夫校訂
古語拾遺　斎部広成撰　西宮一民校注
王朝漢詩選　小島憲之編
王朝物語秀歌選　全二冊　樋口芳麻呂校注
落窪物語　藤井貞和校注
新訂方丈記　市古貞次校注
新訂新古今和歌集　佐佐木信綱校訂
金槐和歌集　源実朝　斎藤茂吉校訂
新訂徒然草　西尾実・安良岡康作校注
平家物語　全四冊　梶原正昭・山下宏明校注
水鏡　和田英松校訂

神皇正統記　北畠親房　岩佐正校注
吾妻鏡　全八冊　竜粛訳注
宗長日記　島津忠夫校注
御伽草子　全二冊　市古貞次校注
王朝秀歌選　樋口芳麻呂校注
わらんべ草　大蔵虎明　笹野堅校訂
千載和歌集　久保田淳校注　藤原俊成撰
謡曲選集 読む能の本　野上豊一郎編
東関紀行・海道記　玉井幸助校訂
おもろさうし　外間守善校注
太平記　全六冊　兵藤裕己校注
好色五人女　井原西鶴　東明雅校註
日本永代蔵　井原西鶴　東明雅校訂
武道伝来記　井原西鶴　横山重・前田金五郎校注
芭蕉紀行文集 付 嵯峨日記　中村俊定校注
芭蕉おくのほそ道 付 曾良旅日記・奥細道菅菰抄　萩原恭男校注
芭蕉俳句集　中村俊定校注

- 芭蕉文集　頴原退蔵編註
- 芭蕉俳文集　全二冊　堀切実編注
- 芭蕉自筆 奥の細道　上野洋三・櫻井武次郎校注
- 蕪村俳句集　付 春風馬堤曲 他二篇　尾形仂校注
- 蕪村書簡集　大谷篤蔵・藤田真一校注
- 蕪村七部集　伊藤松宇校訂
- 蕪村文集　藤田真一編注
- 曾根崎心中・冥途の飛脚　他五篇　近松門左衛門／祐田善雄校注
- 国性爺合戦・鑓の権三重帷子　近松門左衛門／和田万吉校訂
- 東海道四谷怪談　鶴屋南北／河竹繁俊校訂
- 鶉衣　全二冊　横井也有／堀切実校注
- 近世畸人伝　伴蒿蹊／森銑三校註
- 玉くしげ・秘本玉くしげ　本居宣長／村岡典嗣校訂
- 雨月物語　上田秋成／長島弘明校注
- 新訂 一茶俳句集　丸山一彦校注
- 増補 俳諧歳時記栞草　全二冊　曲亭馬琴編／藍亭青藍補／堀切実校注
- 近世物之本江戸作者部類　曲亭馬琴／徳田武校注

- 北越雪譜　鈴木牧之編撰／京山人百樹刪定／岡田武松校訂
- 東海道中膝栗毛　全二冊　十返舎一九／麻生磯次校注
- 浮世床　式亭三馬／和田万吉校訂
- 日本外史　全三冊　頼山陽／頼成一・頼惟勤訳
- 百人一首一夕話　全二冊　尾崎雅嘉／古川久校訂
- わらべうた ―日本の伝承童謡　町田嘉章・浅野建二編
- 誹諧 武玉川　全四冊　山澤英雄校訂
- 雑兵物語・おあむ物語　附 おきく物語　中村通夫・湯沢幸吉郎校訂
- 芭蕉臨終記 花屋日記　付 芭蕉翁終焉記・前後日記・行状記　小宮豊隆校訂
- 俳家奇人談・続俳家奇人談　竹内玄玄一／雲英末雄校注
- 砂払 ―江戸小百科　全二冊　山中共古／中野三敏校訂
- 与話情浮名横櫛　切られ与三　瀬川如皐／河竹繁俊校訂
- 江戸怪談集　全三冊　高田衛編・校注
- 蕉門名家句選　全二冊　堀切実編注
- 耳囊　全三冊　根岸鎮衛／長谷川強校注
- 色道諸分 難波鉦 ―遊女評判記　西水庵無底居士／中野三敏校注
- 弁天小僧・鳩の平右衛門　黙阿弥／河竹繁俊校訂

- 実録先代萩　黙阿弥／河竹繁俊校訂
- 橘曙覧全歌集　水島直文・橋本政宣編注
- 嬉遊笑覧　全五冊　喜多村筠庭／長谷川強・江本裕・渡辺守邦・岡雅彦・花田富二夫・石川了校訂
- 井月句集　復本一郎編
- 江戸端唄集　倉田喜弘編

《日本思想》〔青〕

- 風姿花伝 (花伝書)　世阿弥／野上豊一郎・西尾実校訂
- 世阿弥 申楽談儀　表章校註
- 五輪書　宮本武蔵／渡辺一郎校注
- 政談　荻生徂徠／辻達也校注
- 葉隠　全三冊　山本常朝／和辻哲郎・古川哲史校訂
- 童子問　伊藤仁斎／清水茂校注
- 養生訓・和俗童子訓　貝原益軒／石川謙校訂
- 貝原益軒 大和俗訓　石川謙校訂
- 都鄙問答　石田梅岩／足立栗園校訂
- 町人囊・百姓囊・長崎夜話草　西川如見／飯島忠夫・西川忠幸校訂
- 日本水土考・水土解弁・増補華夷通商考　西川如見／飯島忠夫・西川忠幸校訂

蘭学事始　杉田玄白／緒方富雄校註
吉田松陰書簡集　広瀬豊編
塵劫記　吉田光由／大矢真一校注
兵法家伝書 付 新陰流兵法目録事　柳生宗矩／渡辺一郎校注
南方録　西山松之助校注
人国記・新人国記　浅野建二校注
上宮聖徳法王帝説　東野治之校注
霊の真柱　平田篤胤／子安宣邦校注
世事見聞録　武陽隠士／本庄栄治郎校訂／奈良本辰也補訂
茶湯一会集・閑夜茶話　井伊直弼／戸田勝久校注
新訂 海舟座談　巌本善治編／勝部真長校注
西郷南洲遺訓 附 手抄言志録及遺文　山田済斎編
文明論之概略　福沢諭吉／松沢弘陽校注
新訂 福翁自伝　富田正文校訂
学問のすゝめ　福沢諭吉
日本道徳論　西村茂樹／吉田熊次校
新島襄の手紙　同志社編

新島襄 教育宗教論集　同志社編
近時政論考　陸羯南
日本の下層社会　横山源之助
中江兆民 三酔人経綸問答　桑原武夫・島田虔次 訳・校注
新訂 蹇蹇録 ―日清戦争外交秘録　陸奥宗光／中塚明校注
茶の本　岡倉覚三／村岡博訳
新撰讃美歌　植村正久／奥野昌綱／松山高吉編
武士道　新渡戸稲造／矢内原忠雄訳
余はいかにしてキリスト信徒となりしか　内村鑑三／鈴木範久訳
代表的日本人　内村鑑三／鈴木範久訳
後世への最大遺物・デンマルク国の話　内村鑑三
内村鑑三所感集　鈴木俊郎編
求安録　内村鑑三
宗教座談　内村鑑三
ヨブ記講演　内村鑑三
足利尊氏　山路愛山
豊臣秀吉 全二冊　山路愛山

善の研究　西田幾多郎
西田幾多郎哲学論集 I ―場所・私と汝 他六篇　上田閑照編
西田幾多郎哲学論集 II ―論理と生命 他四篇　上田閑照編
西田幾多郎哲学論集 III ―自覚について 他四篇　上田閑照編
西田幾多郎随筆集　上田閑照編
帝国主義　幸徳秋水／山泉進校注
日本の労働運動　片山潜
明六雑誌 全三冊　山室信一／中野目徹校注
吉野作造評論集　岡義武編
貧乏物語　河上肇／大内兵衛解題
河上肇 自叙伝 全五冊　杉原四郎／一海知義編
河上肇評論集　杉原四郎編
中国文明論集　宮崎市定／礪波護編
中国史 全二冊　宮崎市定
大杉栄評論集　飛鳥井雅道編
女工哀史　細井和喜蔵
寒村自伝 全二冊　荒畑寒村

遠野物語・山の人生　柳田国男
青年と学問　柳田国男
木綿以前の事　柳田国男
こども風土記・母の手毬歌　柳田国男
不幸なる芸術・笑の本願　柳田国男
海上の道　柳田国男
野草雑記・野鳥雑記　柳田国男
婚姻の話　柳田国男
都市と農村　柳田国男
十二支考　全二冊　南方熊楠
文学に現はれたる我が国民思想の研究　全八冊　津田左右吉
特命全権大使 米欧回覧実記　全五冊　久米邦武編 田中彰校注
明治維新史研究　羽仁五郎
古寺巡礼　和辻哲郎
風土 —人間学的考察　和辻哲郎
イタリア古寺巡礼　和辻哲郎
日本精神史研究　和辻哲郎

倫理学　全四冊　和辻哲郎
人間の学としての倫理学　和辻哲郎
日本倫理思想史　全四冊　和辻哲郎
時と永遠 他八篇　波多野精一
宗教哲学序論・宗教哲学　波多野精一
「いき」の構造 他二篇　九鬼周造
九鬼周造随筆集　菅野昭正編
偶然性の問題　九鬼周造
時間論 他二篇　九鬼周造 小浜善信編
人間と実存　九鬼周造
法窓夜話　全二冊　穂積陳重
復讐と法律　穂積陳重
パスカルにおける人間の研究　三木清
古代国語の音韻に就いて 他二篇　橋本進吉
漱石詩注　吉川幸次郎
吉田松陰　徳富蘇峰
林達夫評論集　中川久定編

新版 きけ わだつみのこえ —日本戦没学生の手記　日本戦没学生記念会編
新版 第二集 きけ わだつみのこえ —日本戦没学生の手記　日本戦没学生記念会編
君たちはどう生きるか　吉野源三郎
地震・憲兵・火事・巡査　山崎今朝弥 森長英三郎編
懐旧九十年　石黒忠悳
武家の女性　山川菊栄
わが住む村　山川菊栄
山川菊栄評論集　鈴木裕子編
覚書 幕末の水戸藩　山川菊栄
おんな二代の記　山川菊栄
忘れられた日本人　宮本常一
家郷の訓　宮本常一
酒の肴・抱樽酒話　青木正児
大阪と堺　三浦周行 朝尾直弘編
新編 歴史と人物　三浦周行 林屋辰三郎 朝尾直弘編
国家と宗教 —ヨーロッパ精神史の研究　南原繁
石橋湛山評論集　松尾尊兊編

民藝四十年　柳宗悦
手仕事の日本　柳宗悦
南無阿弥陀仏 付 心偈　柳宗悦
柳宗悦 茶道論集　熊倉功夫編
柳宗悦随筆集　水尾比呂志編
雨夜譚 —渋沢栄一自伝　長幸男校注
中世の文学伝統　風巻景次郎
日本の民家　今和次郎
長谷川如是閑評論集　飯田泰三・山領健二編
倫敦《ロンドン》！ 倫敦《ロンドン》？　長谷川如是閑
原爆の子 —広島の少年少女のうったえ 全二冊　長田新編
幕末遣外使節物語 —夷狄の国へ　尾佐竹猛・吉良芳恵校注
イスラーム文化 —その根柢にあるもの　井筒俊彦
意識と本質 —精神的東洋を索めて　井筒俊彦
被差別部落一千年史　高橋貞樹・沖浦和光校注
花田清輝評論集　粉川哲夫編
新版 河童駒引考 —比較民族学的研究　石田英一郎

英国の近代文学　吉田健一
訳詩集 葡萄酒の色　吉田健一訳
山びこ学校　無着成恭編
古琉球　伊波普猷・外間守善校訂
福沢諭吉の哲学 他六篇　丸山眞男・松沢弘陽編
政治の世界 他十篇　丸山眞男・松本礼二編注
超国家主義の論理と心理 他八篇　丸山眞男・古矢旬編
朝鮮民芸論集　浅川巧・高崎宗司編
娘巡礼記　高群逸枝・堀場清子校注
田中正造文集 全二冊　由井正臣・小松裕編
新日本史 全二冊　竹越与三郎・西田毅校注
国語学原論 続篇　時枝誠記
国語学史　時枝誠記
定本 育児の百科 全三冊　松田道雄
ある老学徒の手記　鳥居龍蔵
大西祝選集 全三冊　小坂国継編
哲学の三つの伝統 他十二篇　野田又夫

信仰の遺産　岩下壮一
わたしの「女工哀史」　高井としを
中国近世史　内藤湖南
大隈重信自叙伝　早稲田大学編
大隈重信演説談話集　早稲田大学編
通論考古学　濱田耕作
転回期の政治　宮沢俊義
世界の共同主観的存在構造　廣松渉
何が私をこうさせたか —獄中手記　金子文子

《別冊》

増補 フランス文学案内　渡辺一夫・鈴木力衛
増補 ドイツ文学案内　手塚富雄・神品芳夫
ことばの贈物 —岩波文庫の名句365　岩波文庫編集部編
近代日本思想案内　鹿野政直
岩波文庫の80年　岩波文庫編集部編
ポケットアンソロジー この愛のゆくえ　中村邦生編
スペイン文学案内　佐竹謙一

《日本文学(現代)》〔緑〕

- 怪談 牡丹燈籠　三遊亭円朝
- 真景累ヶ淵　三遊亭円朝
- 塩原多助一代記　三遊亭円朝
- 小説神髄　坪内逍遥
- 当世書生気質　坪内逍遥
- 役の行者　坪内逍遥
- 桐一葉・沓手鳥孤城落月　坪内逍遥
- ウィタ・セクスアリス　森鷗外
- 青年　森鷗外
- 雁　森鷗外
- 山椒大夫・高瀬舟 他四篇　森鷗外
- 渋江抽斎　森鷗外
- 舞姫・うたかたの記 他三篇　森鷗外
- ファウスト 全二冊　森林太郎訳
- みれん　シュニッツラー 森鷗外訳
- うた日記　森鷗外
- 森鷗外 椋鳥通信 全三冊　池内紀編注
- 浮雲　二葉亭四迷 十川信介校注
- 平凡 他六篇　二葉亭四迷
- 其面影　二葉亭四迷
- 今戸心中 他二篇　広津柳浪
- 河内屋・黒蜴蜓 他一篇　広津柳浪
- 野菊の墓 他四篇　伊藤左千夫
- 漱石文芸論集　磯田光一編
- 吾輩は猫である　夏目漱石
- 坊っちゃん　夏目漱石
- 草枕　夏目漱石
- 虞美人草　夏目漱石
- 三四郎　夏目漱石
- それから　夏目漱石
- 門　夏目漱石
- 彼岸過迄　夏目漱石
- 行人　夏目漱石
- こころ　夏目漱石
- 硝子戸の中　夏目漱石
- 道草　夏目漱石
- 明暗　夏目漱石
- 思い出す事など 他七篇　夏目漱石
- 文学評論 全二冊　夏目漱石
- 夢十夜 他二篇　夏目漱石
- 漱石文明論集　三好行雄編
- 倫敦塔・幻影の盾 他五篇　夏目漱石
- 漱石日記　平岡敏夫編
- 漱石書簡集　三好行雄編
- 漱石俳句集　坪内稔典編
- 漱石・子規往復書簡集　和田茂樹編
- 文学論 全二冊　夏目漱石
- 坑夫　夏目漱石
- 漱石紀行文集　藤井淑禎編
- 二百十日・野分　夏目漱石

五重塔　幸田露伴
運命 他一篇　幸田露伴
努力論　幸田露伴
幻談・観画談 他三篇　幸田露伴
連環記 他一篇　幸田露伴
天うつ浪 全二冊　幸田露伴
子規句集　高浜虚子選
病牀六尺　正岡子規
子規歌集　土屋文明編
墨汁一滴　正岡子規
仰臥漫録　正岡子規
歌よみに与ふる書　正岡子規
俳諧大要　正岡子規
獺祭書屋俳話・芭蕉雑談　正岡子規
金色夜叉 全二冊　尾崎紅葉
三人妻　尾崎紅葉
不如帰　徳冨蘆花

謀叛論 他六篇 日記　徳冨健次郎 中野好夫編
北村透谷選集　北村透谷 勝本清一郎校訂
武蔵野　国木田独歩
愛弟通信　国木田独歩
蒲団・一兵卒　田山花袋
田舎教師　田山花袋
東京の三十年　田山花袋
藤村詩抄　島崎藤村自選
破戒　島崎藤村
春　島崎藤村
千曲川のスケッチ　島崎藤村
桜の実の熟する時　島崎藤村
新生 全二冊　島崎藤村
夜明け前 全四冊　島崎藤村
藤村文明論集　十川信介編
藤村随筆集　十川信介編
にごりえ・たけくらべ　樋口一葉

大つごもり・十三夜 他五篇　樋口一葉
高野聖・眉かくしの霊　泉鏡花
歌行燈　泉鏡花
夜叉ケ池・天守物語　泉鏡花
草迷宮　泉鏡花
春昼・春昼後刻　泉鏡花
鏡花短篇集　川村二郎編
日本橋　泉鏡花
婦系図 全二冊　泉鏡花
外科室・海城発電 他五篇　泉鏡花
鏡花随筆集　吉田昌志編
化鳥・三尺角 他六篇　泉鏡花
鏡花紀行文集　田中励儀編
俳諧師・続俳諧師　高浜虚子
泣菫詩抄　薄田泣菫
有明詩抄　蒲原有明
上田敏全訳詩集　山内義雄 矢野峰人編

赤彦歌集	斎藤茂吉・久保田不二子選
宣言	有島武郎
小さき者へ・生れ出ずる悩み	有島武郎
一房の葡萄 他四篇	有島武郎
寺田寅彦随筆集 全五冊	小宮豊隆編
柿の種	寺田寅彦
与謝野晶子歌集	与謝野晶子自選
入江のほとり 他一篇	正宗白鳥
つゆのあとさき	永井荷風
濹東綺譚	永井荷風
荷風随筆集 全二冊	野口冨士男編
摘録 断腸亭日乗 全二冊	永井荷風・磯田光一編
すみだ川・新橋夜話 他一篇	永井荷風
あめりか物語	永井荷風
ふらんす物語	永井荷風
煤煙	森田草平
斎藤茂吉歌集	山口茂吉・柴生田稔・佐藤佐太郎編
桑の実	鈴木三重吉
小鳥の巣	鈴木三重吉
千鳥 他四篇	鈴木三重吉
小僧の神様 他十篇	志賀直哉
万暦赤絵 他二十二篇	志賀直哉
暗夜行路 全二冊	志賀直哉
志賀直哉随筆集	高橋英夫編
高村光太郎詩集	高村光太郎
白秋愛唱歌集	藤田圭雄編
北原白秋歌集	高野公彦編
北原白秋詩集 全二冊	安藤元雄編
フレップ・トリップ	北原白秋
大石良雄・笛	野上弥生子
野上弥生子随筆集	竹西寛子編
お目出たき人・世間知らず	武者小路実篤
友情	武者小路実篤
釈迦	武者小路実篤
銀の匙	中勘助
犬 他一篇	中勘助
中勘助詩集	谷川俊太郎編
若山牧水歌集	伊藤一彦編
新編 みなかみ紀行	若山牧水・池内紀編
木下杢太郎詩集	河盛好蔵選
新編 百花譜百選	木下杢太郎画・前川誠郎編
新編 啄木歌集	久保田正文編
ISIKAWA TAKUBOKU ROMAZI NIKKI (啄木・ローマ字日記)	石川啄木・桑原武夫編訳
時代閉塞の現状・食うべき詩 他十篇	石川啄木
蓼喰う虫	谷崎潤一郎・小出楢重画
春琴抄・盲目物語	谷崎潤一郎
吉野葛・蘆刈	谷崎潤一郎
卍(まんじ)	谷崎潤一郎
幼少時代	谷崎潤一郎
谷崎潤一郎随筆集	篠田一士編
多情仏心 全二冊	里見弴

文章の話　里見弴
今年竹　全二冊　里見弴
萩原朔太郎詩集　三好達治選
郷愁の詩人 与謝蕪村　萩原朔太郎
猫町　他十七篇　萩原朔太郎　清岡卓行編
恩讐の彼方に・忠直卿行状記　他八篇　菊池寛
父帰る・藤十郎の恋　菊池寛戯曲集　石割透編
春泥・花冷え　久保田万太郎
室生犀星詩集　室生犀星自選
或る少女の死まで　他二篇　室生犀星
犀星王朝小品集　室生犀星
出家とその弟子　倉田百三
愛と認識との出発　倉田百三
神経病時代・若き日　広津和郎
羅生門・鼻・芋粥・偸盗　芥川竜之介
地獄変・邪宗門・好色・藪の中　他七篇　芥川竜之介
河童　他二篇　芥川竜之介

歯車　他二篇　芥川竜之介
蜘蛛の糸・杜子春・トロッコ　他十七篇　芥川竜之介
大導寺信輔の半生・手巾・湖南の扇　他十二篇　芥川竜之介
或日の大石内蔵之助・枯野抄　他十二篇　芥川竜之介
侏儒の言葉・文芸的な、余りに文芸的な　芥川竜之介
芥川竜之介書簡集　石割透編
芥川竜之介随筆集　石割透編
蜜柑・尾生の信　他十八篇　芥川竜之介
年末の一日・浅草公園　他十七篇　芥川竜之介
芥川竜之介紀行文集　山田俊治編
田園の憂鬱　佐藤春夫
都会の憂鬱　佐藤春夫
厭世家の誕生日　他六篇　佐藤春夫
日輪・春は馬車に乗って　他八篇　横光利一
上海　横光利一
旅愁　全二冊　横光利一
宮沢賢治詩集　谷川徹三編

童話集 風の又三郎　他十八篇　宮沢賢治　谷川徹三編
童話集 銀河鉄道の夜　他十四篇　宮沢賢治　谷川徹三編
山椒魚・遙拝隊長　他七篇　井伏鱒二
伊豆の踊子・温泉宿　他四篇　川端康成
雪国　川端康成
川端康成随筆集　川西政明編
詩を読む人のために　三好達治
藝術に関する走り書的覚え書　中野重治
梨の花　中野重治
社会百面相　全二冊　内田魯庵
檸檬《レモン》・冬の日　他九篇　梶井基次郎
蟹工船 一九二八・三・一五　小林多喜二
防雪林・不在地主　小林多喜二
独房・党生活者　小林多喜二
風立ちぬ・美しい村　堀辰雄
菜穂子　他五篇　堀辰雄
富嶽百景・走れメロス　他八篇　太宰治

斜陽 他一篇　太宰治
人間失格 グッド・バイ 他一篇　太宰治
津軽　太宰治
お伽草紙・新釈諸国噺　太宰治
真空地帯　野間宏
日本唱歌集　堀内敬三 井上武士 編
日本童謡集　与田凖一編
近代日本人の発想の諸形式 他四篇　伊藤整
小説の方法　伊藤整
小説の認識　伊藤整
中原中也詩集　大岡昇平編
ランボオ詩集　中原中也訳
小熊秀雄詩集　岩田宏編
風浪・蛙昇天 —木下順二戯曲選Ⅰ　木下順二
玄朴と長英 他三篇　真山青果
随筆滝沢馬琴　真山青果
新編 近代美人伝 全二冊　長谷川時雨 杉本苑子編

みそっかす　幸田文
土屋文明歌集　土屋文明自選
古句を観る　柴田宵曲
俳諧随筆 蕉門の人々　柴田宵曲
評伝 正岡子規　柴田宵曲
新編 俳諧博物誌　柴田宵曲 小出昌洋編
随筆集 団扇の画　柴田宵曲 小出昌洋編
子規居士の周囲　柴田宵曲
小説集 夏の花　原民喜
原民喜全詩集
いちご姫・蝴蝶 他二篇　山田美妙 十川信介校訂
貝殻追放抄　水上滝太郎
銀座復興 他三篇　水上滝太郎
鏑木清方随筆集 東京の四季　山田肇編
柳橋新誌　成島柳北 塩田良平校訂
島村抱月文芸評論集　島村抱月
石橋忍月評論集　石橋忍月

立原道造・堀辰雄翻訳集 —林檎みのる頃・窓
野火／ハムレット日記　大岡昇平
中谷宇吉郎随筆集　樋口敬二編
雪　中谷宇吉郎
冥途・旅順入城式　内田百閒
東京日記 他六篇　内田百閒
佐藤佐太郎歌集　佐藤志満編
西脇順三郎詩集　那珂太郎編
草野心平詩集　入沢康夫編
山岳紀行文集 日本アルプス　小島烏水 近藤信行編
雪中梅　末広鉄腸 小林智賀平校訂
宮柊二歌集　宮英子 高野公彦編
山の絵本　尾崎喜八
日本児童文学名作集 全二冊　桑原三郎 千葉俊二編
山月記・李陵 他九篇　中島敦
眼中の人　小島政二郎
新選 山のパンセ　串田孫一自選

岩波文庫の最新刊

ロバート キャンベル・十重田裕一・宗像和重編

東京百年物語 3

一九四一～一九六七

明治維新からの一〇〇年間に生まれた、「東京」を舞台とする文学作品のアンソロジー。第三分冊には、太宰治、林芙美子、中野重治、内田百閒ほかを収録。(全三冊)〔緑二一七-三〕 本体八一〇円

細井和喜蔵作

工場

——小説・女工哀史2

恋に敗れ、失意の自殺未遂から生還した主人公。以後の人生は紡織工場の奴隷労働解放に捧げようと誓うが…。『奴隷』との二部作。(解説＝鎌田慧、松本満)〔青一三五-三〕 本体一二六〇円

木田 元編

一日一文

英知のことば

古今東西の偉人たちが残したことばを一年三六六日に配列しました。どれも生き生きとした力で読む者に迫り、私たちの人生に潤いや生きる勇気を与えてくれます。(2色刷)〔別冊二四〕 本体一一〇〇円

プルースト／吉川一義訳

失われた時を求めて13

見出された時I

懐かしのタンソンヴィル再訪から、第一次大戦さなかのパリへ。時代は容赦なく変貌する。それを見つめる語り手に、文学についての啓示が訪れる。(全一四冊)〔赤N五一一-一三〕 本体一二六〇円

……今月の重版再開……

シラー作／久保 栄訳

群盗

本体六六〇円〔赤四一〇-一〕

井伏鱒二著

川釣り

本体六〇〇円〔緑七七-二〕

岩波文庫編集部編

ことばの花束

—岩波文庫の名句365

本体七二〇円〔別冊五〕

清水 勲編

ビゴー日本素描集

本体七二〇円〔青五五六-一〕

岩波文庫の最新刊

日野原健司編

北斎 富嶽三十六景

葛飾北斎（一七六〇―一八四九）が富士を描いた浮世絵版画の代表作。世界の芸術家にも大きな影響を与えた。カラーで全画を掲載。各画毎に鑑賞の手引きとなる解説を付した。〔青五八一―一〕 本体一〇〇〇円

大岡 玲編

開高健短篇選

デビュー作、芥川賞受賞作を含む初期の代表作から、死の直前に書き遺した絶筆まで、開高健（一九三〇―八九）の文学的生涯を一望する十一篇を収録。〔緑二二一―一〕 本体一〇六〇円

長谷部恭男解説

日本国憲法

戦後日本の憲法体制の成り立ちとその骨格を理解するのに欠かすことのできない基本的な文書を集め、詳しい解説を付した。市民必携のハンディな一冊。〔白三三―一〕 本体六八〇円

……今月の重版再開……

W・E・B・デュボイス著／木島始、鮫島重俊、黄寅秀訳

黒人のたましい

〔赤三三三―一〕 本体一〇二〇円

桂川甫周著／亀井高孝校訂

北槎聞略

――大黒屋光太夫ロシア漂流記

〔青四五六―一〕 本体一二〇〇円

吉田健一著

ヨオロッパの世紀末

〔青一九四―一〕 本体七八〇円

モーム作／中島賢二、岡田久雄訳

アシェンデン

――英国情報部員のファイル

〔赤二五四―一三〕 本体一一四〇円